一个定理的诞生

我与菲尔茨奖的一千个日夜

[法] 塞德里克·维拉尼 著　[法] 克劳德·龚达尔 绘
马跃　杨苑艺　译

Théorème vivant

人民邮电出版社

北京

图书在版编目（CIP）数据

　　一个定理的诞生：我与菲尔茨奖的一千个日夜 /
（法）维拉尼著；（法）龚达尔绘；马跃，杨苑艺译． —
北京：人民邮电出版社，2016.1
　　ISBN 978-7-115-40704-7

　　Ⅰ．①—… Ⅱ．①维… ②龚… ③马… ④杨… Ⅲ.
①日记—作品集—法国—现代 Ⅳ．①I565.65

　　中国版本图书馆CIP数据核字（2015）第 245090 号

内　容　提　要

　　2010 年，法国青年数学家塞德里克·维拉尼凭借对非线性朗道阻尼的证明以及对玻尔兹曼方程收敛至平衡态的研究，一举摘得菲尔茨奖章。维拉尼将以日记形式再现这段研究生涯，揭示一个数学定理的诞生历程，描绘数学家和科研工作者的真实人生。

◆ 著　　　　　[法] 塞德里克·维拉尼
　　绘　　　　　[法] 克劳德·龚达尔
　　译　　　　　马　跃　杨苑艺
　　责任编辑　　楼伟珊
　　策划编辑　　戴　童
　　责任印制　　杨林杰

◆ 人民邮电出版社出版发行　　北京市丰台区成寿寺路11号
　　邮编　100164　　电子邮件　315@ptpress.com.cn
　　网址　https://www.ptpress.com.cn
　　北京虎彩文化传播有限公司印刷

◆ 开本：880×1230　1/32
　　印张：7.625　　　　2016 年 1 月第 1 版
　　字数：198 千字　　2025 年 11 月北京第 23 次印刷
　　著作权合同登记号　图字：01-2015-3674 号

定价：49.80 元
读者服务热线：(010)81055730　　印装质量热线：(010)81055316
反盗版热线：(010)81055315

版权声明

前言

人们经常问我，一个从事数学研究工作的人的生活是怎样的，我们每天都做些什么，我们的著述是怎么写成的。我创作本书的目的就是试图回答这些问题。

这个故事源于一个数学研究的突破性进展。从我们决定投身探险的那一刻起，到包含着一个新成果的论文被一个国际性学术刊物接受为止，一个全新定理诞生的点点滴滴都记录在其中。

在起点与终点之间，科研工作者们走过的并不是一条平坦的捷径。这条漫长的道路上充满了反复与波折，正如人生中经常遇到的那样。

为便于叙述，我修改了故事中一些无关紧要的细节。除此之外，这里所记述的一切都是事实的写照，至少是我的真切感受。

感谢奥利维耶·诺拉，是他在一次偶然会面时建议我创作本书；感谢我妻子克莱尔仔细审读了本书并提出了很多建议；感谢克劳德·龚达尔，是他为本书提供了精美的插图；感谢艾利安·法斯凯勒以及 Grasset 出版团队的聆听与编辑工作；最后感谢克莱蒙，他是一位令人难忘的合作伙伴，没有他，就不会有本书记述的故事。

如果读者们有什么问题或者建议，欢迎通过电子邮件和我联系。

塞德里克·维拉尼
巴黎，2011 年 12 月

1

周日下午 1 点，教研所本应该没有人。但是，两个忙碌的数学家却留在这里。里昂高等师范学院三楼，我已经用了 8 年的办公室中，一次私密的会晤正在进行。一项研究悄然展开。

我舒服地坐在沙发里，有力地敲击着大大的办公桌。我的手指就像蜘蛛腿一样展开 —— 正如钢琴老师多年前教我的那样。

在我左边有一张独立的小桌子，在那儿可以完成一些需要使用计算机处理的工作。在我右边，一个大书柜装着数百本有关数学和物理学的书籍。在我后面，几层长架上整齐地堆放着成千上万页的论文复印本 —— 这些论文写成的时候，学术出版物还没有电子版。架子上还摆放着很多学术书籍的翻印本。曾几何时，我微薄的薪金无法满足自己对书籍的渴求，只能一本本地影印。多年来被小心翼翼保存下来的草稿，足足有一米厚。堆积如山的笔记，是我花费大量时间参加学术报告的佐证。我面前的办公桌上摆着一台笔记本电脑，我给它起名叫"加斯帕尔"，以此纪念一位极具革命性的伟大数学家加斯帕尔·蒙日。电脑旁边摆放着一叠纸，纸上满满当当的是从四面八方汇集而来的数学符号。

我的同党名叫克莱蒙·穆奥，他看上去目光炯炯有神，手里拿着记号笔，站在我对面那个几乎占据整面墙的白板旁。

"跟我说说吧，为什么把我叫来？你有什么计划吗？你在电子邮件里没有细说……"

"我回头看了我的'老冤家'。这绝对是一个宏大的设想，关于非齐性玻尔兹曼方程的正则性。"

"条件正则性（conditional regularity）？你想说，模去那些极小正则性的界？"

"不，是无条件的。"

"彻底无条件？！而不是在扰动框架内？你觉得我们准备好了？"

"对，我又回到这个问题上，而且已经取得了不小的进展。我有些想法，但被卡住了。我把难点分解成好几个简化模型。可是，即便是最简单的模型，我也处理不了。我之前以为，可以用极大模原理做出一个证明。但行不通，所有方法都不奏效。我想跟你探讨一下。"

"说吧，我听着呢。"

我详尽描述了自己的想法：我脑海中想象的结果、我的企图、无法串联起来的片段、无法建立起来的逻辑，以及一直桀骜难驯的玻尔兹曼方程。

玻尔兹曼方程，正如我曾向一位记者说的那样，这是世界上最优美的方程！当我年纪尚轻，还在读博士的时候，我就陷入了对它的痴迷，并在读博士期间对其进行了全面研究。玻尔兹曼方程包罗万象：统计物理学、时间箭头*、流体力学、概率论、信息论、傅里叶分析等等。有人说，在这个世界上，没人比我更了解与玻尔兹曼方程相关的数学知识。

7年前，我把克莱蒙带进了这个神秘的领域。当时，他刚开始在我的指导下做博士学位论文。克莱蒙贪婪地学习，他无疑是唯一读过我关于玻尔兹曼方程所有论著的人。如今，他已经成为一位受人尊敬的

---

* 指时间只能向未来方向流逝。——译者注

杰出科研工作者，能够独立地开展工作，对科研充满热情。

7 年前，我把他送上了数学研究的道路。今天，轮到我寻求他的帮助。我面临的是一个天大的难题，我独自一人根本无法处理。至少，我需要一个对相关理论了如指掌的人讲述一下自己付出的努力。

"我们先假设有碰擦碰撞（grazing collisions），如何？一个无截断（cutoff）的模型。这样一来，方程就类似一个分数扩散（fractional diffusion），当然是退化的，但仍然是一个扩散。而且，密度和温度一旦有界，我们就能采用一个考虑了非局部化效应的莫泽迭代格式。"

"莫泽迭代格式？嗯……等等，我记一下。"

"对，一个莫泽迭代格式。问题的关键是玻尔兹曼算子……的确，这个算子是双线性、非局部的，但它大体上依然是散度型，所以我们可以使用莫泽迭代格式。在这里，做一个非线性函数代换，提升幂次……事实上，除了温度，这还需要更多一点的条件，我们必须控制一些二阶矩矩阵。但是，核心仍是正定性。"

"等一下，别太快。为什么光有温度条件还不够*？"

我又详细地解释。我们讨论、争辩。白板上布满了数学符号。克莱蒙想多了解一些关于正定性的细节。如何在不假设正则性界的情况下证明严格的正定性？这可能吗？

"这没什么可吃惊的。你仔细想想就会发现，碰擦产生了下界，一个置信区域上的输运过程也会产生相同效应，这是我们期待的结果。除非运气真的很差，否则这两个效应应该是相互促进的。当年，伯恩特尝试解决这个问题的时候，他只开了个头。当然，很多人都试过，但都没成功。不过，看上去还是有希望的。"

"你确定在没有正则性的情况下，输运可以给出正定性吗？不过，如果没有碰擦，密度函数的输运并不能带来更多的正定性……"

"没错，可如果我们对速度取平均，就会加强正定性……这有

---

* 温度有界条件不足以保证他们需要的结论。——译者注

点像动力学平均引理（averaging lemmas）。但是，此处成立的原因不再是正则性，而是正定性。确实，没人从这个角度做过研究。这让我想起一件事……对了，两年前在普林斯顿，一位中国来的博士后向我提出过一个类似问题。比如在环面上设想一个输运方程，不加入任何正则性假设，在这一条件下求证空间密度会严格变成正。完全不用正则性条件！他知道在自由输运情况下怎么处理。或在更一般的情况下，对于一个很小的时间区间，他也能处理。而对于更大时间区间，他就被难住了。当时，我把他的问题转给别人，但始终没看到令人信服的答案。"

"先等一下，怎么处理自由输运这个难缠的情况？"

"自由输运"，这是对于理想气体的不规范称呼。在这种情况下，粒子之间没有相互作用。这是一个过分简化的模型，与实际情况相去甚远，但仍能让人从中学到不少东西。

"这个嘛……通过解的显式表达式，应该能做到。等等，我们试着重新证明一下。"

我们开始分头思考，尝试重建当年李东（音译）应该已做过的证明。这不是一个重要结果，仅仅是一个小小的练习。但是，也许透过理解这个小练习，我们能找到通往谜底的路。这就像一场小比赛。经过几分钟安静、匆忙的演算，我赢了。

"我想我证出来了。"

我走到白板前面讲解自己的证明，如同在课堂上阐述一道练习题的答案一样。

"把方程的解按照环面的复叠（replica）分解……在每一个分量上做变量代换……这儿会出来一个雅可比矩阵，再使用利普希茨正则性条件……最终，会发现这里有一个 $1/t$ 速度的收敛。速度挺慢，但是听上去不错。"

"什么？也就是说，你没用正则化。收敛是通过平均化……平均化……"

在布满了演算结果的白板前，克莱蒙边思考、边大声地自言自语。突然，他灵光一闪，兴奋地指着白板说："我们应该看看这能不能对朗道阻尼问题有帮助！"

我一下愣住了。三秒钟，没有任何声音。我隐约预感到，一些重要的东西正浮出水面。

我让克莱蒙讲得详细点，他却说不清了。克莱蒙在原地打转，支吾地解释说，这个证明让他想起 3 年前在美国东海岸布朗大学，与另一位名叫郭岩的华裔数学家的谈话。

"在朗道阻尼中，人们试图寻找某种弛豫（relaxation），使方程具有时间可逆性……"

"是，是，我知道。但相互作用难道不起作用么？我们并不处在弗拉索夫情况下，那里只有自由输运！"

"也许相互作用的确有影响，没错……而且，收敛应该是指数阶的。你觉得 $1/t$ 达到最优了？"

"看上去没错，不是吗？"

"但如果有更高的正则性条件呢？收敛难道不会更快？"

"嗯……"

我低沉地哼了一声 —— 这一声包含着怀疑与专注，关切与失望。

此后又是一阵沉默，我们的眼睛紧紧地盯着白板，嘴唇也紧紧地绷着。之后，我们又开始交谈……传说中神秘的朗道阻尼确实令人兴奋。然而，它和我们最初的计划却没有半点关系。几分钟后，我们的话题集中到其他的东西上。讨论进行了很久。二人穿针走线一般，由一个数学问题引向另一个数学问题。我们记下笔记、辩论、激烈争执、不断学习，最终制定了一个研究计划。当我们分开的时候，朗道阻尼仍然成为长长的"家庭作业"清单中的一项。

玻尔兹曼方程

$$\frac{\partial f}{\partial t} + v \cdot \nabla_x f = \int_{\mathbb{R}^3} \int_{\mathbb{S}^2} |v - v_*| \left[f(v')f(v_*') - f(v)f(v_*) \right] dv_* d\sigma$$

发现于 1870 年左右，刻画了由 10^{18} 数量级粒子组成的稀薄气体的演化。这些粒子之间相互碰撞。我们用一个函数 $f(t, x, v)$ 来表示粒子的空间位置和速度的统计分布：它表示在 t 时刻，位置在 x（附近）且速度在 v（附近）的粒子数密度。

路德维希·玻尔兹曼发现了统计意义下"熵"（或称气体无序度）的表达式：

$$S = -\iint f \log f \, dx \, dv;$$

凭借这一方程，玻尔兹曼证明了从任何一个给定初始状态出发，熵只能随着时间增大，而永远不可能减小。形象地讲，气体一旦开始演化，就会自发变得越来越无序，而且这个过程是不可逆的。

路德维希·玻尔兹曼 (1844—1906)

通过证明熵的增长性，玻尔兹曼重建了一个数十年前已通过实验建立的物理学定律——热力学第二定律。尽管该定律早已被发现，但是玻尔兹曼还是在概念层面上做出了卓越贡献。首先，他从数学角度证明了一个通过实验建立起来的经验定律；其次，他赋予熵这个神秘概念一个极具前景的数学解释；最后，他调和了不可预测、混沌、可逆的微观物理学与可预测、稳定、不可逆的宏观物理学之间的矛盾。这些成就令玻尔兹曼在理论物理学的圣殿中享有崇高地位，也让哲学家和认识论学者对他念念不忘。

随后，玻尔兹曼定义了一个统计系统的平衡态，即熵取到极大值的状态，为统计物理学开辟了一个广阔的研究领域——平衡态统计物理学。所谓平衡态就是最无序的状态，也是最自然的状态。

　　但是，年轻有为的玻尔兹曼在晚年却痛苦万状，并在 1906 年结束了自己的生命。他在气体理论方面的成果从来没有过时。沉寂一段时间之后，其相关著述都被誉为 19 世纪最重要的科学文献。然而，一直以来，玻尔兹曼的预言尽管已被实验确证，却仍需要更加完备的数学论证。而其中缺少的一块拼图就是关于玻尔兹曼方程解的正则性的研究。尽管这一谜题长久以来悬而未决 —— 或许正因为难解之谜本身的魅力，玻尔兹曼方程至今仍是一个非常活跃的理论研究领域，吸引着众多来自世界各地的数学家、物理学家和工程师。稀薄气体动力学大会和同类的学术会议上永远座无虚席。

2

里昂，2008 年 3 月最后一周

朗道阻尼！

会面结束后，我的脑海里萦绕着令人迷茫的回忆：对话的片段、未完成的讨论……等离子体领域的物理学家都很熟悉朗道阻尼，但对于数学家来说，这是一个迷一般的现象。

2006 年 12 月，我曾造访位于德国奥博沃尔法赫的那座带有传奇色彩的研究所。这座世外桃源般的数学研究所隐藏在黑森林的深处。来来往往的数学家们可以在此随心所欲地讨论各个数学领域的问题。这里的大门永远敞开，往木质小钱箱里投钱后，就能随便喝饮料、吃蛋糕了。访客们根据随机摆放的姓名标签，坐在相应的桌边位置上。

在奥博沃尔法赫那天，我有幸抽到与罗伯特·格拉西和埃里克·卡伦同桌的位置。这两位美国数学家是气体理论方面的专家。前一天晚上，我刚在学术会议开场时骄傲地介绍了新的学术成果；第二天一早，埃里克紧接着作了一场热情洋溢的报告，其中包含了很多奇思妙想。我们享用热气腾腾的汤羹时，还在不停地讨论这些想法。然而，这一切对于罗伯特来说渐渐有些吃不消了。作为老一辈数学家，他面对"长江后浪推前浪"的现状有点不知所措。罗伯特叹了口气，说道："是该退休了……"

埃里克嚷着，为什么要退休？对气体理论来说，当今可是前所未有、最令人振奋的时代！我也喊道，为什么要退休？我们迫切需要罗伯特从业 35 年以来积累的宝贵经验！

"罗伯特，跟我说说神秘莫测的朗道阻尼吧。能不能解释一下，你认为这是真的吗？"

weird、strange 是罗伯特用来回答我的词汇。的确，马斯洛夫研究过相关问题；是的，这里有一个佯谬，可逆性与朗道阻尼似乎是不相容的；不，这一问题现在还没搞清楚。埃里克提出，朗道阻尼只是物理学家凭借天马行空的想象力孕育而生的产物，脱离了实际，没有希望给出数学描述。我从中攫取着信息，将对话内容存储在脑海中的一个角落里。

现在是 2008 年，我对朗道阻尼的认识并不比 2006 年丰富多少。而克莱蒙曾与郭岩也就此有过详细的讨论。郭岩是罗伯特的"师弟"，他们在同一位导师的指导下完成博士论文。郭岩说，难点在于，朗道根本没有研究原始模型，而是研究了一个简化的、线性化的模型。没人知道，这些结果对于"真实"的非线性模型是否还成立。郭岩对这一问题非常着迷，而他不是唯一的一位痴迷者。

郭岩

我和克莱蒙能着手研究这个问题吗？为什么不？但是，解答问题的第一步是搞清楚问题到底是什么！在数学研究中，明确问题乃是最关键也是棘手的第一步。

不论研究什么问题，我们唯一确定的就是弗拉索夫方程：

$$\frac{\partial f}{\partial t} + v \cdot \nabla_x f - \left(\nabla W * \int f \, dv\right) \cdot \nabla_v f = 0,$$

这也是我们研究的出发点。这个方程以极高的精确度刻画了等离子体的统计物理学性质。亚瑟王传说中可怜的"夏萝女"不能直接视物，只能通过她的镜子看世界。数学家也和她一样，只能通过数学来观察万物。所以，我们只能在全凭逻辑统治的数学世界里研究朗道阻尼。

我和克莱蒙都从没研究过这个方程。但是，这个方程属于全世界。我们要撸起袖管大干一场了。

列夫·达维多维奇·朗道 (1908—1968)

列夫·达维多维奇·朗道是位俄罗斯犹太裔物理学家。他生于 1908 年，1962 年获得诺贝尔奖。他是 20 世纪最伟大的物理学家之一。朗道曾经遭到当局迫害，幸而被忠诚的同伴们营救出狱。他是那个时代理论物理学界的沙皇，与叶夫根尼·利夫希茨一起编写了一套权威教材，直到今天依然被视作经典。在等离子体物理学的文献中，随处可见他的贡献：首先是"朗道方程"，这是玻尔兹曼方程的一朵姐妹花，我曾在读博士期间研究过几年；然后是著名的"朗道阻尼"，表征着等离子体的自发稳定性，即一个自发回到平衡态而没有熵增的过程，这与玻尔兹曼方程刻画的过程恰好相反。

气体物理学，即玻尔兹曼物理学：熵增加，信息减少，时间单向流逝，初始状态的信息会被遗忘；统计分布将逐渐靠近熵极大的状态，这也是最无序的状态。

等离子体物理学，即弗拉索夫物理学：熵不变，信息守恒，时间没有单向性，初始状态的信息被保留下来；系统没有变得更无序，也不会倾向于靠近一个特殊的状态。

但是，朗道重新审视了弗拉索夫的研究。事实上，朗道瞧不起弗拉索夫，更毫不犹豫地否定了后者的研究成果。他认为电场力会随时间自发衰减，在此过程中，既没有熵增，也没有出现任何一种摩擦。这是个异端邪说吗？

朗道通过复杂而巧妙的数学计算说服了科学界，人们用朗道的名字命名了这一现象。当然，也有人对此持有异议。

3

走廊里的小矮桌上面堆满了草稿纸，黑板上画满了小草图。透过巨大的飘窗向外望去，一栋架在数根立柱上的黑色立方体建筑映入眼帘，仿佛一只巨大的黑色蜘蛛。这就是著名的里昂 P4 实验室*，人们在这里研究世界上最危险的病毒。

弗雷迪·布歇（1972—　　）

我的访客弗雷迪·布歇正在把他的手稿装进手提包中。在刚刚过去的一个多小时里，我们讨论了他的研究课题。弗雷迪主攻星系的数值模拟领域，探索恒星们自发组成具有稳定外形星系的神奇能力。

牛顿在 343 年前发现的万有引力定律不能直接表征这种稳定性。但人们观察到，遵循此定律运行的大量恒星似乎在相当大的时间尺度上集体表现出一种稳定性。在超级计算机上做出的众多计算模拟结果也表征了这一点。

既然如此，我们能不能从万有引力定律出发**导出**这个稳定性呢？

---

* 里昂 P4 让·梅里埃实验室，P4 是生物实验室安全分级中的最高级。

天体物理学家林登－贝尔认为这是块难啃的骨头 —— 就像铁质小行星一样坚硬。他给这个现象取名叫**剧变弛豫**（violent relaxation），这是一个多么美妙的逆喻！

"剧变弛豫，塞德里克，这很像朗道阻尼。只不过朗道阻尼是在扰动情况下，而剧变弛豫是在强非线性情况下。"

弗雷迪接受过数学和物理学的双重训练，他的全部科研生涯都奉献给类似上述问题的研究。而今天，他特意前来和我讨论的正是这些基础问题之一。

"塞德里克，你看，当我们模拟星系的时候，自然会把那些恒星 —— 就是这些宇宙中的小质点 —— 看成是流体，好比是恒星组成的气体。这时，我们从离散模型过渡到连续模型。但从离散到连续的近似过程带来的误差有多大？这个误差和恒星数量之间有什么关系？气体中的分子数大约在 10^{18} 数量级，而星系中的恒星数量只有几千亿（$\sim 10^{11}$）。这会造成什么明显的不同么？"

弗雷迪认真地探讨、提问、讲述结果、画草图、注明参考文献。不难看出，他的这些研究和我的战马* —— 由蒙日创建的"最优输运"有关联。这次交流收益颇丰，弗雷迪感到很满意。同时，对我来讲，在和克莱蒙谈及朗道阻尼之后的短短几天之内，又再次看到这个词，也让我兴奋不已。

弗雷迪与我告辞并离开之后，我那刚才一直在安静地整理稿纸的邻桌，终于忍不住开口了。他的灰色长发被精心地梳理成平齐式，让他看起来饶有几分叛逆的气质。

"塞德里克，我本不想多嘴，但黑板上的这些草图，我见过。"

艾蒂安·吉斯曾在上届国际数学家大会上做过全会报告，同时也是法兰西科学院院士。他经常被称为"世界上最好的演讲者"。也许，他真的不是浪得虚名。艾蒂安自己就能抵得上一家研究所。作为坚守

---

* 指作者使用的研究工具。—— 译者注

在外省进行学术建设的斗士，他从 20 年前起就投身于里昂高等师范学院数学教研所的建设。在艾蒂安远超常人的努力之下，数学教研所已跻身全球顶级几何学研究中心之列。同时，对于数学的所有分支，他都能嘀咕出一些不同凡响的见解。

艾蒂安·吉斯（1954—　）

"我和弗雷迪画的这些草图，你见过？"

"是呀，我在 KAM 理论里看到过。而且，我在别的地方也见过……"

"你能给个参考文献么？"

"当然，你知道，KAM 理论无所不在：首先，考虑一个完全可积、拟周期（quasi-periodic）的动力系统；然后，给它一个扰动，这里就会出现一个小除数问题，它在长时间尺度上会破坏掉一些轨线，但仍然会有依概率稳定性。"

"这我知道，但这和我们画的图有什么关系？"

"等一下，我能给你找一本这方面的好书。其实，我们在宇宙学书籍里看到的很多图，在动力系统学领域里也都是广为人知的。"

太有意思了。我会好好查查。这能不能帮助我理解隐藏在稳定性背后的秘密？

这正是我最赞赏的一点。在这座小而精的教研所里，不同领域的数学家们在咖啡机旁或在走廊里的一次交谈就能碰撞出不同学科间的火花，从不用担心各自不同的研究方向会造成交流阻碍。不知多少新想法从中迸发而出！

我没有耐心等待艾蒂安从他巨大的藏书库中给我翻出一本参考文献。我先尽量在自己的小资料库里翻找，最后，终于找到阿里纳克与热拉尔合著的一本关于纳什－莫泽方法的书。几年前，我曾研读过这本书，知道纳什－莫泽方法是"柯尔莫哥洛夫－阿尔诺德－莫泽理论"的基础之一，这就是艾蒂安口中的"KAM 理论"。我也知道，在纳什－莫泽理论的背后隐藏着非凡的牛顿迭代格式。这个迭代格式有着不可思议的收敛速度——指数的指数阶那么快！而柯尔莫哥洛夫正是极具创造性地利用了这一点。

坦率地讲，我并没发现这些美妙的理论和我的朗道阻尼问题有什么关系。不过，万一艾蒂安的直觉是对的呢？我强令自己停止这些不着边际的想法，把书塞进已经沉甸甸的背包，动身去学校门口接孩子们。

刚一上地铁，我就从外套口袋里拿出了一本漫画。在这短暂而宝贵的时光中，外面的世界消失了，我完全沉浸在漫画的天地里。这里有半面疤痕、拥有娴熟超能力的外科医生，有不惜为长着妩媚大眼睛的小女孩而丧命的黑帮硬汉，有突然变身悲剧式英雄的残暴怪物，也有长着金色卷发、慢慢变成残暴怪物的小男孩。这是一个充满了怀疑和柔情、热血和幻灭的世界。这里没有偏见，也没有非善即恶的二元论，有的只是不断奔涌出来的情感，打动着读者天真的心灵，让他们潸然泪下。

市政厅站到了，我该下车了。故事伴随这段旅途，流淌在我的心间，流淌在我的血管里。仿佛纸墨激起一股小湍流，让我的内心世界得到了净化。

我的数学思维全部处于暂停状态。漫画与数学从来没有过交融。但也许不久后，它们在梦里会有交集？而朗道呢？在经历那场最终还是要了他性命的可怕交通事故之后，他是不是接受了"怪医黑杰克"的手术？可以肯定的是，妙手神医没能让朗道彻底痊愈，朗道也没能完成他的超人使命。

瞧，我刚刚并没有去想艾蒂安提出的柯尔莫哥洛夫－阿尔诺德－莫泽理论。柯尔莫哥洛夫与朗道之间到底有什么联系？当我迈出地铁的时候，这个谜题又转回到脑子里。如果他们之间真的存在着联系，我要把它找出来。

事实上，我那时绝对无法料到，自己将用一年多时间才找到这个联系。我那时也不可能明白，这将是一个多么令人难以置信的讽刺：那张艾蒂安看着眼熟，并让他联想到柯尔莫哥洛夫的草图，恰恰描述了朗道与柯尔莫哥洛夫两大理论之间失去联系的状态！

那天，艾蒂安的直觉非常了得，尽管这个直觉来自一个错误的出发点。这有点像达尔文通过比较蝙蝠和翼手龙，错误地相信两者间存在密切联系，进而误打误撞地提出了进化论的猜想。

我与克莱蒙在讨论中一起斩获意想不到的发现之后十天，这是第二次神奇的巧合，它十分及时地出现在我的研究路线上。

我还要顺着这条路摸索前行。

◦◦◦◦◦◦◦◦◦◦

那位俄罗斯物理学家叫什么来着？像我一样，他遭遇了一次严重的交通事故，被医生从死亡边缘抢救了回来。当时，他已经临床死亡了。我读过这段传奇般的故事。苏联科学界动员了一切资源去拯救这位无可取代的科学家。他们甚至从国外请来医生。最终，他被救活了。在那几周中，全世界最好的外科医生们轮流值守在他的病床前。他四次被宣告临床死亡，而医生们四次对他进行人工生命维持。我已经记不清细节了，但仍记得读到这段的时候，我被这场反抗宿命的斗争所深深吸引。坟墓的大门已经开启。然而，人们竭尽全力将他从死神手中抢了回来。最后，他回到了自己在莫斯科大学的岗位上。

—— 保罗·吉玛尔，《生命中的点滴》（*Les Chose de la Vie*）

◦◦◦◦◦◦◦◦◦◦

牛顿万有引力定律表述了任意两个物体之间存在相互吸引力，而这个力与两个物体的质量乘积成正比，与两者之间距离的平方成反比：

$$F = \frac{\mathcal{G}M_1 M_2}{r^2}.$$

这一经典引力定律很好地描述了恒星在星系中的运动。尽管牛顿定律如此简单，一个星系中海量的恒星还是让理论变得颇有难度。这好比，即便知晓每个单独的原子是如何运行的，我们依然无法了解人类的身体如何运行。

在发现引力定律数年之后，牛顿又完成了一项不同寻常的发现——牛顿迭代格式。该方法可以用来计算任意一个方程的解：

$$F(x) = 0$$

从一个近似解 x_0 出发，我们用函数 F 在点 $(x_0, F(x_0))$ 的切线 T_{x_0} 来替换 F 本身（用专业术语来讲，即把方程在 x_0 附近线性化），并计算原方程的近似方程 $T_{x_0}(x) = 0$ 的解。这会给出一个新的近似解 x_1，然后重新以 x_1 为起点开始：用 F 在 x_1 的切线 T_{x_1} 替换原函数，然后把 x_2 定义为方程 $T_{x_1}(x_2) = 0$ 的解，并如此迭代下去。以精确的数学语言来描述，x_n 与 x_{n+1} 的关系是

$$x_{n+1} = x_n - \left[DF(x_n)\right]^{-1} F(x_n).$$

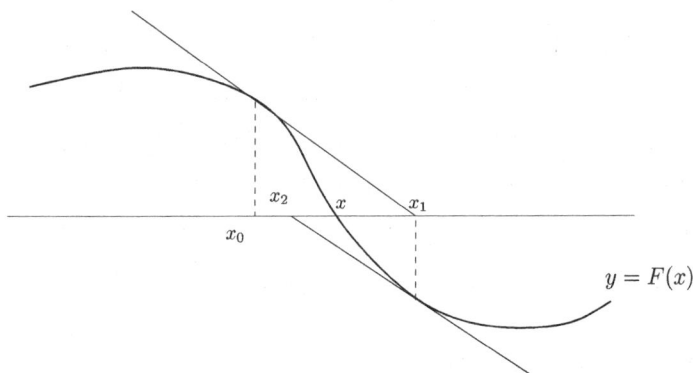

如此得到的近似解序列 $x_1, x_2, x_3\cdots$ 好到超乎想象：它们收敛到"真"解的速度快得出奇。通常，只需要四五步计算就可以得到一个精确度极高的近似解，甚至比任何现代计算器给出的解还要精确。据说，巴比伦人早在约四千年前就用这个方法来计算平方根了。而牛顿发现的方法可以用来求解任意一类方程，不仅仅是计算平方根。

多年以后，牛顿迭代法超乎寻常的快速收敛被用来证明 20 世纪最重要的多个理论：柯尔莫哥洛夫稳定性定理、纳什嵌入定理……而就其本身而言，这个充满魔力的方法打破了纯数学与应用数学之间那条人为的鸿沟。

俄罗斯数学家安德烈·柯尔莫哥洛夫是 20 世纪科学史上的传奇人物。正是他在 1930 年建立了现代概率论。他在 1941 年创立的关于流体中紊流的理论至今仍被引用 —— 不论是为了确证还是为了反对它。柯尔莫哥洛夫的复杂性理论则预示着人工智能的发展。

艾萨克·牛顿 (1643—1727)

在 1954 年的国际数学家大会上，柯尔莫哥洛夫提出了一个令人震惊的观点。庞加莱早在此 70 年前就说服了同僚们：太阳系具有内禀不稳定性。行星位置的不确定性 —— 无论有多小，都会导致对行星位置的预测在极大时间尺度上变得不可能。但是，柯尔莫哥洛夫展现出过人的胆识，结合了概率论和确定性力学方程组，论证出太阳系有很大可能是稳定的。当然，不稳定性有可能出现，正如庞加莱认为的那样。然而，根据柯尔莫哥洛夫的理论，不稳定的可能性很小。

柯尔莫哥洛夫定理证明，从一个完全可解*的力学系统出发（譬如开普勒描绘的太阳系，行星规则而稳定地按照永恒不变的椭圆轨道

---

* 也称为完全可积。——译者注

围绕太阳旋转），在其中加入一个很小的扰动（这里指把行星之间的相互引力考虑在内，而开普勒则忽略了这些作用力），这样建立起来的力学系统对于绝大多数初始条件来说都是稳定的。

柯尔莫哥洛夫提出的结论如此简洁，而证明方法却十分复杂，引起了同时代同行们的怀疑。此后，俄罗斯人弗拉基米尔·阿尔诺德与德国人于尔根·莫泽通过不同的方法完整重建了柯尔莫哥洛夫的证明：前者重建了柯尔莫哥洛夫当年表述的原始结果，后者建立了更一般化表述。"KAM 理论"就此诞生，继而催生了众多经典力学中最强大、最令人震惊的篇章。

安德烈·柯尔莫哥洛夫（1903—1987）

KAM 理论以独特的美感赢得了科学界的支持。近三十年间，即使柯尔莫哥洛夫理论中的某些技术性条件在实际情况中并未被完全满足，人们还是情愿相信太阳系是稳定的。直至 20 世纪 80 年代末，雅克·拉斯卡尔的观测结果*才让舆论有所转变。但这又是另外一个故事了。

---

* 1989 年，雅克·拉斯卡尔的观测结果证实了太阳系是混沌、不稳定的。

——译者注

4

圣－米歇尔·德·夏优，2008 年 4 月 15 日

　　听众们都摒住了呼吸，老师发出了信号，所有的孩子都在琴弦上舞动起自己的琴弓。铃木教学法要求家长们参观大课的教学。不然，在这个被音乐培训班占据了的大木屋里，还能干什么呢？

　　当出现刺耳的音符时，家长们努力克制自己不要流露出怪异的表情。昨天晚上，家长们试着弹奏了一下自己孩子的乐器。现在，他们总该知道用这些见鬼的乐器拉出一个正确的音有多难了吧！家长们出了丑，却带给了孩子们极大的欢乐。果然，今天教室里洋溢着欢乐的学习气氛，大家兴致勃勃，孩子们也很高兴。铃木教学法并不是重点，重要的是，我儿子的小提琴老师在教学上颇具天赋 —— 他的确是一位好老师。

　　我坐在前几排的座位上，带着小孩子探索新世界般的热情贪婪地阅读着比奈与特里梅因合著的《星系动力学》（*Galactic Dynamics*）。我之前从没想到过，弗拉索夫方程在天体物理中居然如此重要。玻尔兹曼方程是世界上最美的方程，而弗拉索夫方程看起来也相当漂亮啊！

　　不单弗拉索夫方程赢得了我的好感，那些恒星也激发了我的兴趣。旋涡星系、球状星团都那么绚丽……现在，我掌握了深入其中探索的数学钥匙，一切显得更加扣人心弦。自从上次和克莱蒙会面后，我

重做了相关计算，开始有了一些想法。我嘀咕道：

"不明白，他们说朗道阻尼与相混合（phase mixing）是完全不同的……但我觉得它们本质上很相似。嗯……"

我瞥了一眼我家那两个金发小家伙。一切都很好。

"嗯……这个计算结果很有趣。这一页下面的注释里写了什么……在线性化方程中起作用的不是谱分析，而是柯西问题的解。这才对，这正是我想要找的！我一直都这么想。他们是怎么做到的？啊……傅里叶变换。确实，没有比古老的傅里叶分析更好的选择了。拉普拉斯变换、衰减关系……"

我沉浸在书中，飞快吸收知识，努力领会要义，好像一个渴望精通一门外语的孩子。我放下杂念，怀着一颗谦卑的心，认真学习物理学家们早在半个世纪前就掌握了的基础知识。夜幕降临，我盘腿坐在阁楼上，突然改变主意，翻开了尼尔·盖曼的《易碎品》。书很新，当时还没有被翻译成法语。尼尔说，我们每个人都有义务给彼此讲故事，他说的有道理。书里讲了一位低音提琴手一次绝妙即兴演奏的故事，一位年迈妇人回忆从前老情人们的故事，还有一只凤凰，总能起死回生，却又一次次反复地被做成美味大餐。

我躺在床上，久久无法入睡，可又不能开灯——全家都在同一间屋里睡觉。此时的我心猿意马。这些古老而易碎的星系上演着一场盖曼风格的好戏：数学问题一再被解决，又一再出现，等待着数学家将其一次次征服。恒星在我的脑袋里运转行进。我到底应该证明一个什么样的定理呢？

❦

"克劳克拉斯托，"身上火苗升腾的杰基·纽豪斯问道，"跟我说实话，你吃凤凰已经吃了多少年？"

"一万年多一点吧，"苏巴克说，"顶多有几千年的误差。你一旦找到窍门，就会发现其实很容易。只是想找到窍门并不简单。不过这次是我烹制过的最好的凤凰。哦，或许应该说，是我烹制这只凤凰最好的一次？"

"岁月！"维吉尼娅·布提说，"在你身上烧化了！"

"是啊，"苏巴克附和道，"当你在吃太阳鸟之前，必须先习惯这种热度，要不然很可能会烧得一点不剩。"

"我原来怎么没想起来？"奥古斯都·双羽·麦考伊透过周身的烈焰说道，"我怎么没想起来父亲就是这样离开的？还有父亲的父亲，他们都是去赫利奥波利斯吃凤凰。为什么我现在才想起来？"

"因为岁月正离你而去。"曼德勒教授说道。他正在写的那一页刚碰到火苗，他就连忙把本子合上；本子边缘有些焦黑，但其余部分完好无损。"岁月被烧化后，那些光阴中的记忆就会再现。"透过飘忽的灼热空气，他看起来倒更像实体，而且教授脸上挂着笑容。他们以前谁都没见过曼德勒教授微笑。

"我们会被烧得一干二净吗？"耀眼夺目的维吉尼娅问道，"还是被烧回童年，烧回鬼魂或天使状态，然后从头再来？不过无所谓。哦，苏比，这真是太有意思了！"

—— 尼尔·盖曼，《易碎品》*

⟡⟡⟡⟡⟡

---

* 节选自（英）盖曼. 易碎品. 马骁，张秋早译. 北京：人民文学出版社，2012. 215～216.

约瑟夫·傅里叶 (1768—1830)

傅里叶分析旨在研究基本的振动信号。假设我们要分析一个任意的信号，也就是一个随时间变化的量。比如，声音就是大气压强轻微变化引起的。19 世纪初的科学家兼政治家约瑟夫·傅里叶意识到，不应该直接研究复杂变化的信号，而应该把一个复杂信号分解成一系列基本信号的组合，这些基本信号以简单、重复性的方式变化着，即正弦曲线及其孪生兄弟余弦曲线。

每一条正弦曲线都依其变化的振幅和频率而定；在傅里叶分解中，这些振幅会告诉我们对应频率在被研究信号中占有的权重。

因此，平日里司空见惯的声音其实也是由不同频率的振动叠加而成的。譬如，每秒 440 次的振动对应音阶"拉"，振幅越大声音听起来就越响。而每秒 880 次的振动听上去就是高了一个八度的"拉"。如果频率提高至 3 倍，就再上升五度来到下一个八度的"咪"，如此类推。但在实际生活中，声音并不纯粹，都是大量频率的共鸣*，而频率决定了声音的音色。当年为了完成硕士第一年的论文，我曾在一门名为《音乐与数学》的课程中学到上述所有有趣的内容。

傅里叶分析的应用非常广泛：不仅能用于分析音频信号并将其刻

---

* 这里的共鸣不是物理学上的共振，是指不同频率的声音一起响。——译者注

录进 CD，还能用于图像的分析和网络传输，以及海潮涨落的分析与预报等。维克多·雨果曾嘲笑约瑟夫·傅里叶只是伊泽尔省的"小省长"。他打赌说，傅里叶作为法兰西科学院院士与政治家的光环迟早会褪色。雨果拿政治家、哲学家夏尔·傅立叶和约瑟夫作对比。夏尔在社会学领域为后世留下了不朽的思想，雨果称他为"伟大的傅立叶"。很难说，雨果的奉承之语在夏尔·傅立叶听来是否受用。然而，社会党人其实瞧不起雨果。雨果固然是他那个时代最伟大的作家，但在政治立场上却惯于见风使舵。他先后拥护过保皇派、拿破仑派、波旁王朝的奥尔良派和正统派，经历多年流放之后，又摇身变成了共和主义者。

我敬重作为杰出作家的雨果。小时候，雨果的著作曾让我无比陶醉。但事到如今，约瑟夫·傅里叶的影响力绝不逊于雨果。他那篇分析理论被开尔文爵士誉为"伟大的数学诗篇"，至今仍为全世界数学家学习，每天被数十亿人毫无意识地使用。

2008 年 4 月 19 日的草稿

为得到表达式，我们将引入关于这三个变量 x, v, t 的变换。我们记

$$\widehat{g}(k) = \int e^{-2i\pi x \cdot k} g(x)\, dx \quad (k \in \mathbb{Z}^d)$$

$$\tilde{g}(k, \eta) = \int e^{-2i\pi x \cdot k} e^{-2i\pi v \cdot \eta} g(x, v)\, dv\, dx \quad (k \in \mathbb{Z}^d, \eta \in \mathbb{R}^d).$$

最后，我们记

$$(\mathcal{L}g)(\lambda) = \int_0^\infty e^{\lambda t} g(t)\, dt$$

（拉普拉斯变换）。

至少到目前为止，我们固定 $k \in \mathbb{Z}^d$。

对弗拉索夫方程做 x 变量傅里叶变换，可以得到

$$\frac{\partial \widehat{f}}{\partial t} + 2i\pi(v \cdot k)\widehat{f} = 2i\pi(k\widehat{W}\widehat{\rho}) \cdot \nabla_v f_0(v).$$

由杜哈梅原理，推出：

$$\widehat{f}(t, k, v) = e^{-2i\pi(v \cdot k)t} \widehat{f_i}(k, v)$$
$$+ \int_0^t e^{-2i\pi(v \cdot k)(t-\tau)} 2i\pi \widehat{W}(k) \widehat{\rho}(\tau, k)\, k \cdot \nabla_v f_0(v)\, dv.$$

对 v 积分，得到

$$\widehat{\rho}(t, k) = \int \widehat{f}(t, k, v)\, dv$$
$$= \int e^{-2i\pi(v \cdot k)t} \widehat{f_i}(k, v)\, dv + \int_0^t 2i\pi \widehat{W}(k)$$
$$\times \left(\int e^{-2i\pi(v \cdot k)(t-\tau)} k \cdot \nabla_v f_0(v)\, dv \right) \widehat{\rho}(\tau, k)\, d\tau.$$

对 v 的积分计算需要验证 …… 但我们可以一开始就假设初值是速度紧支的（compactly supported velocity），然后是逼近过程 …… 或是限制在紧集上？

右端第一项就是 $\tilde{f}_i(k, kt)$ —— 我们在处理自由输运的齐次性 (homogenization) 时也使用了相同技巧……

在关于 f_0 的一些弱的假设下，我们也可以写出对于所有的 $s \in \mathbb{R}$，

$$\int e^{-2i\pi(v \cdot k)s} k \cdot \nabla f_0(v) \, dv = +2i\pi|k|^2 s \int e^{-2i\pi(v \cdot k)s} f_0(v) \, dv$$
$$= 2i\pi|k|^2 s \tilde{f}_0(ks).$$

从而

$$\widehat{\rho}(t, k) = \tilde{f}_i(k, kt) - 4\pi^2 \widehat{W}(k) \int_0^t |k|^2 (t - \tau) \tilde{f}_0(k(t - \tau)) \widehat{\rho}(\tau, k) \, d\tau.$$

令

$$p_0(\eta) = 4\pi^2 |\eta| \tilde{f}_0(\eta).$$

（我不确定在这里加上 4π 是不是个好主意……）在某些情况下，如 f_0 是麦克斯韦分布，p_0 是正的；但一般情况下不一定如此。我们注意到当 $f_0 \in W^{\infty, 1}(\mathbb{R}^d)$，$p_0$ 是速降的；如果 f_0 解析，则 p_0 指数衰减，等等。最后我们得到：

$$\widehat{\rho}(t, k) = \tilde{f}_i(k, kt) - \widehat{W}(k) \int_0^t p_0(k(t - \tau)) \widehat{\rho}(\tau, k) |k| \, d\tau.$$

做拉普拉斯变换，取 $\lambda \in \mathbb{R}$，当所有积分都有定义时，我们得到

$$(\mathcal{L}\widehat{\rho})(\lambda, k) = \int_0^\infty e^{\lambda t} \tilde{f}_i(k, kt) \, dt - \widehat{W}(k)$$
$$\times \left(\int_0^\infty e^{\lambda t} p_0(kt) |k| \, dt \right) (\mathcal{L}\widehat{\rho})(\lambda, k) \, ;$$

从这里求出

$$(\mathcal{L}\widehat{\rho})(\lambda, k) = \frac{\displaystyle\int_0^\infty e^{\lambda t} \tilde{f}_i(k, kt) \, dt}{1 + \widehat{W}(k) \, Z\left(\dfrac{\lambda}{|k|}\right)},$$

其中

$$Z(\lambda) = \int_0^\infty e^{\lambda t} p_0(te) \, dt, \quad |e| = 1.$$

5

京都，2008 年 8 月 2 日

沸反盈天的蝉鸣终于停了。在修学院国际学生宿舍里，闷热持续到了深夜。

白天，我结束了一门针对研讨会与会者、科研人员和学生的系列课程，听众来自约十五个不同国家。课程很受欢迎。我在规定时间开始上课，误差不超过一分钟——同样，也在规定时间下课，误差不超过一分钟。在这样一个从不拿时刻表开玩笑的国家，我必须像上周载我到北海道的渡轮一样准时。

晚上回到住处，我继续给孩子们讲考拉克的冒险故事。考拉克是一只被父母抛弃的小渡鸦，它和年轻的主人亚瑟为寻找一个密码，深入马戏团和阿拉伯集市，展开一场横穿法国和埃及的惊险旅程。这是我即兴创作的故事，永远没有结尾。我女儿称它是"想象故事"——这是她的最爱，讲故事的人也会越讲越起劲。

孩子们都睡了，我破天荒地随他们一起睡下。今天，我先给初出茅庐的青年科研人员讲了一堆数学假想，又给孩子们乱编了一段渡鸦历险记。现在，我终于可以给自己讲一个故事了。我的大脑很快被虚幻的梦境所占据。

故事在梦里汪洋恣肆。我突然醒来，时间刚过 5 点 30 分。一瞬间不知身在何处的迷茫过后，我很快回过神来，试着在笔记本电脑上记录梦里残留的片段 —— 在清晨弥散于脑海中的迷雾将记忆完全遮盖之前，必须把梦记录下来。梦境扑朔迷离，却让我心情不错，我把它看作是自己心智健康的标志。我的梦并不像漫画家大卫·波夏尔（笔名David B.）在其作品中描述的那般纷乱如麻，只是情节颇为跌宕曲折，让我感到十分惬意。

几个月来，我把朗道阻尼扔在一边。尽管在证明上都没有取得任何进展，我却迈过了一个巨大的沟坎 —— 现在，我知道要证明什么了：**证明非线性弗拉索夫方程的一个靠近稳定平衡态的空间周期性解会自发向另一个平衡态演化**。这是个抽象的表述，却深深地根植在现实中，不论在应用领域还是理论层面，都有着重大的意义。这个问题表述起来很简单，但证明起来可能困难重重。同时，这还是关于一个著名模型的原创性问题。一切都让我十分满意：我将问题留在脑海中的一个角落里，等到 9 月份开学再去处理。

除了寻找这道"是非题"的答案之外，我希望通过证明理解更多东西！在数学领域，证明亦如侦探小说或《神探可伦坡》的剧集一般，侦探们识破凶犯的推理过程和谜底本身一样重要。

在此之前，我培养了其他兴趣点：在两年前写的一篇论文里添加了附录，并在动力学方程（kinetic equation）和黎曼几何的研究中取得了一些进展。**亚椭圆方程（hypoelliptic equation）的局部正定性估计与黎曼几何中的福克 – 普朗克动力方程**伴我度过在日本的漫漫长夜。

最优输运与几何

2008 年 7 月 28 日到 8 月 1 日，京都

塞德里克·维拉尼

里昂高等师范学院

& 法国高等教育协会　& 日本学术振兴会

课程计划

（共 5 章）

- 基础理论
- 韦森斯坦空间
- 等距嵌入/索伯列夫不等式
- 测度的集中理论（Concentration of measure）
- 四阶曲率稳定性条件

主讲理论的叙述，简要讲述证明要素。

坎托罗维奇对偶问题的格罗莫夫 – 豪斯多夫稳定性

- 通过 ε_k – 等距 $f_k : \chi_k \to \chi$，$(\chi_k, d_k) \xrightarrow[k \to \infty]{GH} (\chi, d)$
- $c_k(x, y) = d_k(x, y)^2/2$ on $\chi_k \times \chi_k$
- $\mu_k, \nu_k \in P(\chi_k)$ $(f_k)_{\#}\mu_k \xrightarrow[k \to \infty]{} \mu$，$(f_k)_{\#}\nu_k \xrightarrow[k \to \infty]{} \nu$
- $\psi_k : \chi_k \to \mathbb{R}$，$c_k$ – 凸，$\psi_k^{c_k}(y) = \inf_x [\psi_k(x) + c_k(x, y)]$，取到

$$\sup \left\{ \int \psi_k^{c_k} d\nu_k - \int \psi_k d\mu_k \right\}$$

则通过选取一个子列 $\exists a_k \in \mathbb{R}$ 使得 $(\psi_k - a_k) \circ f_k' \xrightarrow[k \to \infty]{} \psi$，

$$\psi\, c – 凸，取到\ \sup \left\{ \int \psi^c\, d\nu - \int \psi\, d\mu \right\},$$

进一步 $\forall x \in \chi$，$\limsup\limits_{k \to \infty} f_k \left(\partial_{c_k} \psi_k \left(f_k'(x) \right) \right) \subset \partial_c \psi(x).$

考拉克历险记
（节选自后续撰写的故事梗概）

时候一到，考拉克就向棚子里扔了一枚臭气弹。在马戏团这些年，它一直留着这一手。令人作呕的臭味熏得守卫们头晕眼花，哈马德和池春赶紧用沙子堵住了通风口。

一切都乱了套：绳索断了，棚子塌了，哈马德让所有人吃尽了苦头……（此处省略长篇的惨状描述。）亚瑟的父亲被找到了，还有他那不幸的同伴。人们把他绑走，就是想逼他说出一份神秘手稿的细节：一张古老的莎草纸上记录着如何令木乃伊复活的秘密。他和同伴都是古埃及学家和象形文字的专家。

强盗们都被抓了起来，押送到"老疯子"那里。人们告诉这些强盗，如果不供出强盗头儿是谁，他们就会受尽折磨，甚至被杀死。刑讯不间断进行。亚瑟父亲的反应却让考拉克很不舒服。他好像对这里感觉很适应，甚至颇为熟悉，仿佛曾经来过似的。考拉克决定偷偷地旁观一次审讯，谁知发现了一个惊人的秘密："老疯子"和亚瑟的爸爸早就认识。翌日，它必须去见亚瑟，告诉他这个令人不安的消息。

2008 年 8 月 2 日的梦日记

我卷入了一部历史电影，成了权倾一时的王室成员。在梦中，历史与电影混为一体，我身处其间，故事在不同层次的叙述间展开。不过，王子可真够倒霉的。人们不停地给他制造麻烦。群众、媒体……王子压力很大。老国王，即玩弄阴谋的公主之父，还有金钱与私生子的情节。自由完全没有保障。我一边咒骂着《世界报》，一边评论着报上的头版内容。他们又在对政治路线发表愚蠢的见解。然而，一场原材料价格上涨引发的国际危机已经来临，北欧国家，尤其是冰岛和格陵兰首当其冲 —— 这些国家的财政收入大部分来自运输业。目前看来，这场危机还没有缓解的迹象。我议论说，应该去巴黎，或者无论如何见一见体育明星，他们才是真正的名人。我拍着全息照片里孩子们的背…… 但我们决定集体自杀。时间到了，我在想是不是所有人都到齐了。文森·贝法拉*不在。他本来要扮演一个孩子，但现在已不再适合这个角色，拍摄时间持续太久，文森已经长大了；于是，我们让戏中另一个演员来填补位置，让他一人分饰两角，这个角色到最后没什么太多戏份，一个孩子足以胜任。我非常激动，我们就要展开行动了。我凝视着墙上的图画和布告，它们描述了很久以前对女修会的迫害，修女们在殉难前将头发披散开来。尽管只有一家修会的教义规定，修女赴死时应该在殉难前披散头发，但最终两个修会都如此。这里还有一张名字类似于颂扬反抗的图画。画上画着怪物和警察正在逮捕愤世嫉俗的示威者。我与克莱尔最后一次吻别，我们都很激动。将近早上 5 点的时候，全家聚集在一起，之后需要同一个类似路政管理局的机构联系，伪造出假声，称我们需要炸药，请他们寄一些过来；当他们说起防护措施时，我们会用英语说："谢谢，我是从精神病院出来的。"（言下之意：把炸药交给我是危险的。）那些家伙反倒会把这当成一个

---

* 法国数学家，作者在里昂高等师范学院的同事。——译者注

笑话，把炸药都送过来。最后，一切都将被炸飞。引爆时间定在 5 点 30 分。我琢磨自己的生命会不会在另一个世界里延续，尝试另一种生活，或者重生为一个婴儿，度过浑浑噩噩的几年后，再找回自己的意识……我非常焦虑，随后就醒了，时间是 5 点 35 分 —— 真实世界的时间！

6

里昂，2008 年秋

日复一日，夜复一夜，
　　问题
　　　　伴我一起度过。

在没有电梯的六楼，在办公室里，在床上 ……

我坐在沙发里，一晚一晚又一晚，一杯一杯又一杯饮着茶，探寻着每一条线索，以及线索的线索，细心记下所有可能，一步一步排除那些行不通的路。10 月的某一天，一位曾跟随郭岩学习的韩国女数学家寄来一篇关于朗道阻尼的论文，希望将其发表在一本学术刊物上，而我正是这份刊物的编辑之一。这篇论文题为《关于非线性朗道阻尼问题的指数衰减解的存在性的研究》（*On the existence of exponentially decreasing solutions of the nonlinear Landau damping problem*）。

一开始，我以为她和她的合著者已经证明了那一直让我心心念念的结果：他们构造了弗拉索夫方程自发向平衡态靠近的解！我立即给主编写信，说我正在解决类似问题，避嫌起见，不宜处理这份稿件。

可是，当我仔细阅读这篇论文时，发现他们所做的研究与我想象的相差甚远：他们仅仅证明了某些衰减解的存在性，而应当证明的是所有解都是衰减解！如果只知道某些解是衰减的，我们永远也不知道任意一个解是不是其中一个……并且，早在 10 年前，两位意大利数学家已经发表论文，证明了一个相当类似的结果。韩国女数学家及其合著者似乎并不知晓这件事。

不，问题还没有被攻破。况且，如果这个问题真的这么简单，那该多让人失望啊！一篇三十来页的论文，即便质量很高，却并没有解决什么重大的数学难题。我从内心深处确信，破解这一问题不但需要全新的工具，而且会给我们带来全新的视角。

"我需要一个新范数。"

在数学术语中，范数是一个尺度，用来测量人们感兴趣的量。如果我们想比较布雷斯特和波尔多两地的降雨量，应该比较一年中最大的日降雨量，还是比较全年的总降雨量呢？如果比较最大的日降雨量，这就是极大范数，它还有一个悦耳名字，叫 L^∞ 范数。如果比较全年总降雨量，则对应另一个范数，叫做 L^1 范数。当然，还有许多其他的范数。

一个对象若想成为范数，必须满足一些性质。比如，两个量之和的范数应该小于等于这两个量各自的范数之和。尽管条件苛刻，选择余地仍然很大。

"我需要一个好范数。"

一个多世纪以来，人们引入范数的概念之后，数学家们已经发明了许多许多的范数。我在里昂高师二年级讲授的课程中就涉及多种范数：勒贝格范数、索伯列夫范数、希尔伯特范数、洛仑兹范数、贝索夫范数、赫德尔范数、马尔钦凯维奇范数、李佐尔金范数、L^p、$W^{s,p}$、H^s、$L^{p,q}$、$B^{s,p,q}$、$\mathcal{H}^\alpha$、M^p、$F^{s,p,q}$，多得让人数不清！

但这一次，已知范数中没有一个能满足我的要求。我需要从数学魔术帽中抓出一个新范数。

"我梦想中的那个范数，在复合靠近恒同变换时，应几乎稳定……而且，适用于大时间尺度弗拉索夫方程上特有的成丝现象

(filamentation)。Gott im Himmel*，这怎么可能？我试着取加权的极大范数，也许应该引入一个时间延迟 …… 我和克莱蒙已经讨论过，应该保留历史状态，并同自由输运方程的解做比较。这没问题，但是，要在什么意义下做比较？"

一天，在重读了阿里纳克与热拉尔的论著后，我注意到一道习题：证明某一个 W 范数是一个代数范数。也就是说，如果我们对两项的乘积取 W 范数，那么这一乘积的范数小于等于两项分别取 W 范数再相乘。我很久以前就知道这个习题。再一次见到它的时候，我猜测这对解决我的问题或许会有所帮助。

"好吧，这里需要通过加入一个上界或一个积分来修改零点的取值。但此后，对于位置变量就行不通了，我们还需另取一个代数范数。也许通过傅里叶变换？或者其他方法 ……"

11 月 19 日，经过多次徒劳的尝试之后，我觉得自己终于找到了所需的范数。在那段日子里，我每晚都在草稿纸上涂涂写写，再把结果一点点寄给克莱蒙。机器开动了。

金刚战神塞德里克*，冲啊！

❧

假设 D 是复平面 $\mathbb{C}$ 上的单位圆盘，假设 $W(D)$ 为所有 D 上满足如下条件的全纯函数构成的函数空间：

$$\|f\|_{W(D)} = \sum_{n=0}^{\infty} \frac{|f^{(n)}(0)|}{n!} < +\infty.$$

求证：如果 $f \in W(D)$，并且 g 在 $f(\bar{D})$ 的一个邻域上解析，则 $g \circ f \in W(D)$。提示：注意到 $\|h\|_{W(D)} \leqslant C \sup_{z \in D}(|h(z)| + |h''(z)|)$，并且

---

* 德语，意为"我的天啊"。——译者注
* 《金刚战神》，20 世纪 70 年代的日本动画片。——译者注

$W(D)$ 是一个代数；然后做如下分解：$f=f_1+f_2$, $f_2(z)=\sum_{n>N}\dfrac{f^{(n)}(0)}{n!}z^n$, N 为一个被选定的充分大的整数，使得序列 $\sum_{n=0}^{\infty}\dfrac{g^{(n)}(f_1)}{n!}f_2^n$ 有定义并在 $W(D)$ 内收敛。

S. 阿里纳克 & P. 热拉尔

《拟微分算子和纳什 – 莫泽定理》

（第三章，习题 A.1.a）

❦

Date: Tue, 18 Nov 2008 10:13:41 +0100

From: Clement Mouhot <clement.mouhot@ceremade.dauphine.fr>

To: Cedric Villani <Cedric.VILLANI@umpa.ens-lyon.fr>

Subject: Re: 周日 庞加莱研究所

刚看到你最后来的几封邮件，我会详细阅读，并负责将其整理为一个输运方程的解在小解析扰动下的稳定性的定理。后续会很快寄给你！

克莱蒙

*

Date: Tue, 18 Nov 2008 16:23:17 +0100

From: Clement Mouhot

<clement.mouhot@ceremade.dauphine.fr>

To: Cedric Villani <Cedric.VILLANI@umpa.ens-lyon.fr>

Subject: Re: 周日 庞加莱研究所

在阅读了陶哲轩一篇关于弱紊流与二维散焦立方薛定谔方程的论文之后（他最后在博客上给出了摘要），我有了一个模糊的想法。

他对弱紊流的定义是:渐进意义下频率的非局部性。而他对强紊流的定义是: 有限时间内频率的非局部性。下面是他关于方程的猜想: (弱紊流) 存在着 (1) 的光滑解 u(t,x) 使得对于任意的 s>1, 当 t \to\infty 时, 都有 \|u(t)\|_{H^s({\Bbb T}^2)} 趋于无限。看看对于我们尝试构造的解能不能证明相同的结果 (在自由输运情况下, 对x的偏导数的确是发散的)。在我们的框架下, 似乎要限制在环面上来观察这个现象, 以便排除实变量x带来的衰减效应的干扰。但我不太明白的一点是, 陶哲轩解释说: 这是个非线性现象, 在线性情况下没有观察到。而对我们来说, 它似乎在线性情况中也出现了 ⋯⋯

待续,

克莱蒙

*

Date: Wed, 19 Nov 2008 00:21:40 +0100

From: Cedric Villani <Cedric.VILLANI@umpa.ens-lyon.fr>

To: Clement Mouhot <clement.mouhot@ceremade.dauphine.fr>

Subject: Re: 周日 庞加莱研究所

今天就这些了。我在 Estimation 文件里加入了一些想法, 删掉了没用的第 1 节。我还把以前分散在各文件中的估计都集中起来, 让所有估计大致都在一个文件中。

我觉得, 我们还没搞清楚应该使用哪个范数。

■ 鉴于齐次场情况下关于 \rho 的方程仅仅对于时间变量是可积的(!), 我们必须使用一个固定范数, 它应该在 \Om 复合作用下稳定。

■ 要从解析情况过渡到指数衰减情况, 看来必须通过傅里叶变换。如果不用傅里叶变换, 我无法直接处理指数收敛, 当然, 这应该可以做到。

- 由于对 (x,v) 的变量代换, 以及对 \rho 的傅里叶变换产生一个相对 \eta 的狄拉克分布, 我觉得我们需要一个对 k 是 L^2 类型, 而对 \eta 是 L^1 类型的解析范数。

- 但是, 复合变换应该绝不可能在 L^1 类型空间中连续, 所以不该是这样。我们要试着用点儿更聪明的办法, 也许应该先对 \eta "积分"。对 k 变量, 继续用 L^2 型解析范数吧。

结论: 我们应当更聪明些。

待续,
塞德里克

*

Date: Wed, 19 Nov 2008 00:38:53 +0100
From: Cedric VILLANI <Cedric.VILLANI@umpa.ens-lyon.fr>
To: Clement Mouhot <clement.mouhot@ceremade.dauphine.fr>
Subject: Re: 周日 庞加莱研究所

On 11/19/08, 00h21, Cedric Villani wrote :

> 结论: 我们应当更聪明些。

现在我的感觉是, 如果想要脱困, 我们需要一个关于"与 Omega 复合"这个映射在傅里叶L^2 解析范数意义下的连续性的定理 (避免权重上的损失……), 并把 \eta 看作一个参数。好, 明天见:-)

*

Date: Wed, 19 Nov 2008 10:07:14 +0100

From: Cedric VILLANI <Cedric.VILLANI@umpa.ens-lyon.fr>

To: Clement Mouhot <clement.mouhot@ceremade.dauphine.fr>

Subject: Re: 周日 庞加莱研究所

一觉醒来，我发现这是不可能的：与 Omega 复合注定会在 lambda 上有些损失（在 Omega=(1-epsilon)Id 时就已经如此了）。所以，无论表面情况如何，最好还是做一下相关调整。

待续，

塞德里克

*

Date: Wed, 19 Nov 2008 13:18:40 +0100

From: Cedric Villani <Cedric.VILLANI@umpa.ens-lyon.fr>

To: Clement Mouhot <cmouhot@ceremade.dauphine.fr>

Subject: 更新

这是我刚改动的文件：

我加入了一个 3.2 小节，研究了我们在电话里说过的那个重要的明显争议 —— 变量代换造成的函数空间的损失。结论是：并没有损失，但变量代换的估计必须做得十分精细。

塞德里克

*

Date: Wed, 19 Nov 2008 14:28:46 +0100

From: Cedric Villani <Cedric.VILLANI@umpa.ens-lyon.fr>

To: Clement Mouhot <cmouhot@ceremade.dauphine.fr>

Subject: 更新

我在 3.2 小节末尾又加了些东西。现在看上去算是写好了。

*

Date: Wed, 19 Nov 2008 18:06:37 +0100

From: Cedric VILLANI <Cedric.VILLANI@umpa.ens-lyon.fr>

To: Clement Mouhot <cmouhot@ceremade.dauphine.fr>

Subject: Re: 更新

我觉得当前的第 5 节是错的！问题出在你写的"En repartissant les puissances et factoriels"（将幂次和阶乘归类）那句话下面，之后那句看起来没问题，但再往后的公式里，指标有问题

(N_{k-i+1}/(k-i+1)! 应该给出 N_k/k!

而不是 N_k/(k+1)!)

事实上，我觉得这个结果过分强了。它表明，复合了一个靠近恒等映射的变换之后，解析范数的指标不变。但是，我认为应该试着证明其他结果，比如：

\|f\circ G\|_\lambda \leq const.

$$\|f\|_{\lambda \|G\|}\|G\|$$

或者一个类似的东西。

待续，

塞德里克

*

Date: Wed, 19 Nov 2008 22:26:10 +0100

From: Cedric Villani <Cedric.VILLANI@umpa.ens-lyon.fr>

To: Clement Mouhot <cmouhot@ceremade.dauphine.fr>

Subject: 好消息

在随信附上的版本中，我删除了第 5 节（如果有需要，还可以加上），在原处加上了关于复合的计算，仍是采用同样的解析版本。这次，我们似乎能实现理想中的复合（我之前提出的公式不好，最终，公式其实可以更简单，但还属于同一类型）。

待续，
塞德里克

*

Date: Wed, 19 Nov 2008 23:28:56 +0100

From: Cedric Villani <Cedric.VILLANI@umpa.ens-lyon.fr>

To: Clement Mouhot <cmouhot@ceremade.dauphine.fr>

Subject: 好消息

这是新版本。我检验过了，通常使用的计算方法在复合法则给出的范数之下也奏效（5.1 节）。这稍微有点复杂，不过看起来能给出类似的结果。今天就到这儿吧。

塞德里克

7

布尔昆－雅里厄，2008 年 12 月 4 日

夜幕之下，停车场出口处的车灯晃得我目眩。我走近一辆车，这是第三次尝试了。

"不好意思，请问您去里昂么？"

"嗯……是啊。"

"麻烦您能捎上我吗？这个时间已经没有火车了！"

女司机犹豫了一下，看了眼其他乘客，然后请我坐到后排。我上车了。

"非常感谢！"

"您刚听了演唱会，是吧？"

"没错，非常棒，对吧？"

"是很棒。"

"我听硬头乐队的歌有 20 年了，还是不能错过他们的演唱会！但我不喜欢开车，所以搭火车来的。我跟自己说，音乐会结束后肯定能找到个里昂人愿意捎我回去。"

"乐意效劳，您放心。我开车来接我儿子，还有他朋友，就是您旁边那位。"

大家晚上好……

"跳 Pogo 舞并不算太难，大厅很宽敞，跳舞的时候不会踩到别人的脚，大家都挺轻松。"

"对，女孩们也没什么可抱怨的。"

"哦，跳疯了的时候，有些女孩可高兴得不得了呢！"

这让我回想起那场皮加勒乐队的演唱会，一曲疯狂的 Pogo 舞让一位可爱的朋克女孩突然撞进我怀里。我还记得她打满耳钉和唇环、活力四射的样子。

"您的蜘蛛很漂亮。"

"是啊，我总是佩戴一只蜘蛛，这是我的风格。这是我在里昂请蜻蜓工艺坊的师傅为我专门设计的。"

"您是音乐家？"

"不是。"

"艺术家？"

"我是数学家。"

"什么？数学家？"

"对……就是数学家。"

"您研究什么？"

"嗯，**您真的**想知道？"

"对啊，为什么不呢？"

"好吧，可别笑话我啊！"

我深吸一口气。"我发展了一个关于完备局部紧度量测度空间上的里奇曲率的下界的综合性概念。"

"什么？！"

"这是开玩笑吧？"

"这可不是玩笑。我这篇论文在圈内引起不小的反响呢！"

"您能重复一遍吗？这太牛了！"

"好，我再说一遍：我发展了一套综合性理论，用于估计可分、完备并且局部紧的可测度量空间上的里奇曲率的下界。"

"哇哦！"

"它是干什么用的？"

于是，话匣子就这样打开了。我开始慢慢讲解，耐心做了知识普及。爱因斯坦的相对论，使光线弯曲的曲率。曲率，非欧几里德几何的基石。当曲率为正时，光线相互靠近；当曲率为负时，光线发散。曲率这一光学概念，也与统计物理学中的概念相结合，如密度、熵、动能、极小能量……这是我和别人一起完成的发现。如何在一个像刺猬一样不光滑的空间上讨论曲率呢？最优输运，一个涉及工程学、气象学、计算机科学和几何学的概念。我那本上千页的书。我侃侃而谈，不知不觉走过了许多公里的路程。

"好了，我们开进里昂了。我把您放在哪里？"

"我住一区 —— 学者区。您看哪里方便就把我放下吧，接下来我自己能应付。"

"没关系，我把您送到家。告诉我您住在哪条路。"

"太感谢了。我该付您多少钱？我总该分担过路费吧？"

"不用，真不用。"

"谢谢，您真是个好人。"

"走之前，您能给我写个数学公式留作纪念吗？"

以下两幅插图选自《最优输运的古典与当代理论》(*Optimal transport, old and new*, C. Villani, Springer-Verlag, 2008.)

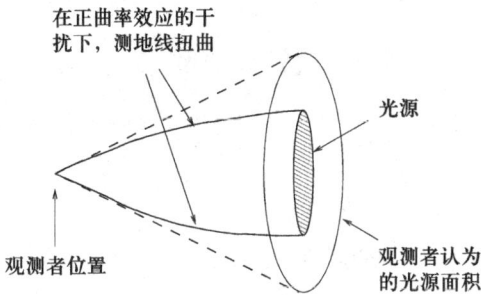

图 14.4 失真系数的含义:在正曲率效应的干扰下,观测者会高估光源的面积;反之,在负曲率效应干扰下,观测者会低估光源的面积

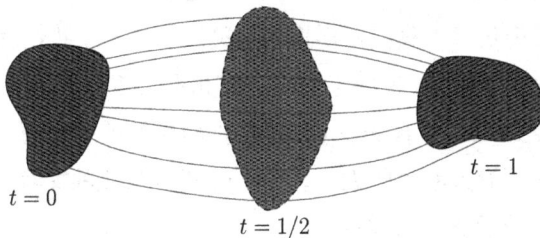

$$S = -\int \rho \log \rho$$

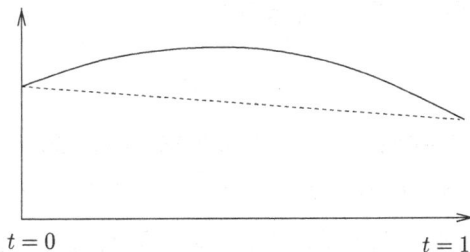

图 16.2 惰性气体实验:惰性气体会沿着最小作用曲线从状态 0 转化到状态 1。在非负曲率的背景下,粒子的轨迹先发散,再收敛。所以,当气体处于中间状态时,它的密度将会下降(而熵会增加)

❧ **8** ❧

2008 年 12 月 25 日，德龙省的一个小村中

在阖家欢度佳节之时，我取得了重要进展。

在此期间，我和克莱蒙写了四篇电子文稿，随着研究进程同步更新。这其中包含了我们对朗道阻尼的所有理解。我们反复讨论、修改并加以完善。最后，文稿上铺满了我和克莱蒙的加注 —— **NdCM** 代表克莱蒙，**NdCV** 代表我。这些稿件用高德纳发明的 $\TeX$ 语言写成。高德纳是所有人心中的大师。用 $\TeX$ 语言写成的文稿充满技术性，是我们开展数学研究的利器。

不久前，我和克莱蒙曾在里昂见过面。当时，他对我在其中一篇文稿中写下的一个不等式非常不满：

$$\|e^{if}\|_\lambda \leqslant e^{\|f\|'_\lambda}.$$

克莱蒙斩钉截铁地说，他实在不能理解，我是如何想到这么一个不等式的。那时，我不得不承认，我也没有完全理解自己写的是什么。对我来说，这个不等式似乎是自明的。但在反复思量之后，我也搞不懂为什么写下它，为什么当初一门心思觉得这个不等式有道理。

直到现在，我依然想不通当时为何如此笃定，觉得这个不等式就是关键。然而，我却很清楚它为什么成立！这都要感谢费·迪布鲁诺恒等式。

16 年前，当我就读于巴黎高等师范学院的时候，我们的微分几何老师就讲过这个恒等式：它给出了复合函数的高阶导数表达式。但它实在太复杂了，当老师终于把式子写完的时候，全班哄堂大笑。老师只能在我们的笑声中用微弱的声音自嘲道："别笑了，这很有用！"

事实证明，老师是对的，这个恒等式的确非常有用。正是拜它所赐，我那个奇妙的不等式才得以成立。

尽管如此，费·迪布鲁诺恒等式的威力在多年之后才显示出来。我敢当着玻尔兹曼、高德纳和朗道三位前辈的面发誓，在这 16 年中，我从来没用过这个恒等式。公式连同它独特的名字，早就被我抛到脑后了。

然而，它还是留在了我脑海中的一个角落里：我记得复合函数的导数可以用某个公式表达…… 然后，借助谷歌和维基百科，我很快就轻松找回这个公式的名字和表达式。

无论如何，费·迪布鲁诺恒等式的出现预示着我们的工作将同组合数学搭上关系。这完全出乎预料。自此之后，曾经布满大提琴音孔（其实是积分号 $\int$，我每当写下这个符号的时候，都不由自主地想到大提琴！）的草稿，如今被大量括号中的指数（高阶导数：$f^{(4)} = f''''$）和感叹号（阶乘：$16! = 1 \times 2 \times 3 \times \cdots \times 16$）给占领了。

事实上，我的研究进展十分应景：当孩子们兴奋地打开圣诞礼物时，我正将这些指数挂在函数上，如同往圣诞树上挂彩球，然后，又把阶乘排成一串，正如排列节日蜡烛一般。

❧❧❧❧❧

高德纳是当今计算机科学界的泰斗。有位朋友曾说过："如果他走进学术研讨会的现场，在场所有人都会跪倒在他面前。"

作为斯坦福大学的教授，他提前退休并关闭电子邮件，全身心地投入到系列名作《计算机程序设计艺术》的收尾工作中。这套丛书已经编写了 50 年，之前出版的几卷早已彻底改变了该领域的面貌。

在出版这些鸿篇巨著的过程中，高德纳注意到困扰很多数学工作者的一个事实：当时的商业文字处理软件生成的数学公式实在不堪入目。于是，他打算找一个一劳永逸的解决办法。改变编辑程序或排版方式都无法让他

高德纳（1938—　　）

满意。最终，他决定从根本上解决问题。1989 年，高德纳发布了 TEX 语言编辑系统的第一个正式版本。如今，这个系统已成为数学工作者们撰写论文、交流学术成果的标准工具。

尤其是在 21 世纪初，当数学家们开始普遍通过互联网进行交流的时候，这种崭新、统一且被广泛使用的 TEX 语言开始扮演更加重要的角色。

高德纳开发的这种 TEX 语言及其后继版本都是开放源代码的免费软件。数学家们可以直接通过交换源代码来交流。而这些源代码只包含 ASCII 字符集中的字符，能被全世界任何一台计算机接受处理。源代码文件包含所有必要指令，借助简洁的语言分毫不差地重建所有文字和公式。

作为 TEX 编辑系统之父，高德纳也许是活着的人中对数学家们的工作方式带来最大变革的人。

高德纳一直在完善他的编辑系统。他用 π 的近似值给版本编号：一个更完善的版本会享有一个更好的 π 的近似值作为版本号。例如，3.14版之后是 3.141 版，再接着是 3.1415 版。目前通行的版本是 3.1415926。根据高德纳的遗嘱，等到他逝世的时候，版本将被升级到 π，并作为

TeX 的永久版本。

❦

费·迪布鲁诺恒等式（阿博加斯特，1800 年，费·迪布鲁诺，1855 年）

$$(f \circ H)^{(n)} = \sum_{\sum_{j=1}^n j\, m_j = n} \frac{n!}{m_1! \cdots m_n!} \left(f^{(m_1 + \cdots + m_n)} \circ H\right) \prod_{j=1}^n \left(\frac{H^{(j)}}{j!}\right)^{m_j}$$

在 TeX 语言中，公式写作：

```
\[(f\circ H)^{(n)} = \sum_{\sum_{j=1}^n j\,m_j = n}
\frac{n!}{m_1!\ldots m_n!}\,
\bigl(f^{(m_1 + \ldots + m_n)}\circ H\bigr)\,
\prod_{j=1}^n\left(\frac{H^{(j)}}{j!}\right)^{m_j}\]
```

*

Date: Thu, 25 Dec 2008 12:27:14 +0100 (MET)
From: Cedric VILLANI <Cedric.VILLANI@umpa.ens-lyon.fr>
To: Clement Mouhot <clement.mouhot@ceremade.dauphine.fr>
Subject: Re: 第 1 和第 2 部分，接近尾声

就这些了，圣诞期间你也可以随意修改第二部分。这部分已经写得很好了，所有结果都超出我们的预期（除了指数上我没达到目标：这里的损失*好像至少得有扰动的三次方根那么大，但我觉得可以通过牛顿迭代法来加以改进）。我在这儿把 analytic 和 scattering 两个源文件发给你。我暂时不做修改。对这两个部分，我们都应该非常仔细地审读。然而，我觉得目前最重要的是把第三和第四部分（edp 与 interpolation）写成型。我建议，一旦你把 edp 部分弄得差不多了，就立刻用邮件发给我，即使还有些地方需要再修改也不要紧。这样的

---

* 指作者做到的指数和理想指数之间的差距。——译者注

话，我们可以同步处理 edp 和 interpolation 文件。(我将负责翻译成英语并且定稿。)

最后，祝你圣诞快乐！

赛德里克

*

Date: Thu, 25 Dec 2008 16:48:04 +0100

From: Clement Mouhot <clement.mouhot@ceremade.dauphine.fr>

To: Cedric VILLANI <Cedric.VILLANI@umpa.ens-lyon.fr>

Subject: Re: 第 1 和第 2 部分，接近尾声

圣诞快乐！谢谢你的礼物;)！！

我正在做 edp 文件，希望能做出一个关于最终混合范数的完善的定理 —— 其实我对混合范数情况也非常有信心（从你上一个版本来看，处理 scattering 必须要用混合范数）。在我发给你的 interpolation 文件中，我把我们要使用的加强版纳什不等式（用法语）写好了，如果你觉得还要加些内容进去，就跟我说一声。

回头见！

祝好，

克莱蒙

*

Date: Fri, 26 Dec 2008 17:10:26 +0100

From: Clement Mouhot <clement.mouhot@ceremade.dauphine.fr>

To: Cedric Villani <Cedric.VILLANI@umpa.ens-lyon.fr>

Subject: Re: 第 1 和第 2 部分，接近尾声

你好！

请查收英语版的初稿，里面有在你给出的混合范数框架下完善的偏微分方程定理。定理在文件的第 15 页。其实，还有些计算细节和指标需

要检验。不过没关系，我先发给你，你可以看看大体的想法。"有限时间"这个限制条件暂时看来实在很怪异。但不管怎样，混合范数跟我基于无傅里叶变换的范数的导数转移的推导方法配合得还算不错。在第 4 节的开头，我加上了那个有待证明的定理和一些注释，解释了我为什么觉得这个定理是对的。但我一直都在用四指标的范数（尽管这也是你定义的混合范数）。其实，我现在还不知道怎么处理仅有三指标的范数……

我将继续研究这一点。

祝好，

克莱蒙

*

Date: Fri, 26 Dec 2008 20:24:12 +0100

From: Clement Mouhot <clement.mouhot@ceremade.dauphine.fr>

To: Cedric Villani <Cedric.VILLANI@umpa.ens-lyon.fr>

Subject: Re: 第 1 和第 2 部分，接近尾声

我所谓的"有限时间限制"指的是指标上的损失，因为散射对于时间是线性的。我把这作为假设的一部分。这个线性性质给出了一个有限时间，使得损失不超过一个常数。然而，根据你在 **analytic** 文件中所述，我觉得假设可以被加强成如下形式：

$$
\varepsilon \, \min \{1, (t-s) \}
$$

这使得这个损失在 t 很大，并且当 s 与 t 距离很大的时候保持很小……

再会，

克莱蒙

9

在漆黑的夜色中，出租车司机彻底迷了路。他的 GPS 指了一条明显错误的路，让他直接开进了森林里。

我们尝试重新定位 —— 刚才明明已经路过这里了。显然，司机的 GPS 没有更新，或许应该到四周搜索一下。这下真的迷路了。毫无疑问，如果我们再跟着 GPS，肯定会陷入绝境！

孩子们坐在后排，却一点也不惊慌。女儿因长途飞行和时差，已经累得睡着了。儿子正在安静地观察着。他只有 8 岁，但已经去过中国台湾、日本、意大利、澳大利亚和美国加利福尼亚，出租车深夜迷失在新泽西的森林深处，并不会让他不安。他知道一切都会顺利解决。

我们在原地兜圈子，最终找到了一点人烟，还遇见了一位在公交车站的人类朋友给我们指路。并不是只有 GPS 才认识地形图。

终于，普林斯顿高等研究院出现在我们面前。它有一个更广为人知的名字 ——"IAS"。研究院坐落在森林的正中间，看上去好似一座城堡般庄严。我们必须绕过一大片高尔夫球场才能到达目的地。

爱因斯坦正是在这里度过了生命中的最后 20 年。诚然，当时他已经不再是 1905 年那个风度翩翩、对物理学产生革命性影响的年轻人了。然而，爱因斯坦认为此处给他留下的深刻记忆远胜其他所到之地。而且，约翰·冯·诺依曼、库尔特·哥德尔、赫尔曼·外尔、罗伯特·奥本海默、埃内斯特·坎托罗维奇和约翰·纳什都曾在这里工作过。这些伟大的思想家，单是他们的名字就足以让人颤抖。

现在，这里有让·布尔甘、恩里科·邦别里、弗里曼·戴森、爱德华·威滕、弗拉基米尔·沃沃斯基等一众科学天才，远比哈佛、伯克利、纽约或其他任何研究机构云集的精英都多。普林斯顿高等研究院无愧是数学和理论物理学的圣殿。当然，这里的数学家没有巴黎多，巴黎是世界数学之都。但普林斯顿高等研究院仍是精华荟萃之地，网罗了精英中的精英。"IAS 终身研究员"也许是世界上最富盛名的职位之一了！

研究院旁边就是普林斯顿大学，那里有查尔斯·费夫曼、安德烈·奥昆科夫等人。在普林斯顿，遇到菲尔茨奖得主是司空见惯的事。你在吃午餐时，身边说不定就会围着三四位！更不用说安德鲁·怀尔斯，他虽然没得过菲尔茨奖，却成功破解了费马留下的谜题，无疑是最有名的数学家之一。费马大定理等待她的白马王子已经足足 350 年了。总而言之，如果真有追拍伟大数学家的狗仔队，他们只需把相机装在高等研究院的餐厅里，每天就可以抓拍到这些伟人们的形貌了。

这真让人向往……但当务之急是先找到住处，我们要在这所公寓里住 6 个月呢。入住的第一天就从睡觉开始吧！

未来的 6 个月，我要在普里斯顿小镇里做些什么呢?

我有很多工作要做！我需要集中精力。终于可以全心投入到自己热爱的数学研究中了！

首先，我决心彻底打败朗道阻尼。我已经取得了不少进展，我们的函数空间框架已经构造出来了，我将用两周时间写完它！然后，我还将与阿莱西奥·费伽利和卢多维克·瑞福两位数学家合作完成另一个项目。答案应该不远了 —— 我们要找到这个要命的反例，证明在大于或等于三维的情况下，一个近球黎曼度量的嵌入区域并不一定是凸的。我们终将找到答案，摧毁所有关于非欧几里德最优输运的正则性理论。

接下来还剩下 5 个月，我要用这段时间来实现梦想 —— 证明玻尔兹曼正则性！为完成工作，我把自己在十多个国家写出的草稿都带上了。

5 个月恐怕不够。我本希望能用两年时间完成，一直到我在法国高等教育协会的教职任期结束为止。在此期间，协会为我减免了一些教学任务，让我有更多时间投入研究工作。

但是，我却被各种各样的计划绑住了手脚。2005 年，我开始写作关于最优输运的第二本书。最开始，我计划写 150 页，并在 2005 年 7 月付梓。谁知我最终写了 1000 页，直到 2008 年 6 月才完工。好几次，我都想在中途停止写作，返回到玻尔兹曼方程的研究中去。但我还是决定继续写书。说实话，我也不清楚自己有没有选择的权力 —— 这是由书决定的，没有别的办法。

对于自己喜欢的事，我偶尔也会拖延 …… 但是，没关系。[*]

可现在，我能享受减免教学任务的期限只剩下 18 个月，但我还没开始关于玻尔兹曼方程的大课题。所以，普林斯顿的这次邀请来得正是时候，不用写书，没有行政工作，没有教学任务，我可以一直做数学了！他们只要求我时不时出席一些几何分析的讨论班 —— 这是普林斯顿高等研究院今年的重点科研方向。

里昂高等师范学院数学教研所的生活也非事事如愿。从 2009 年 1 月起，大家本想推选我担任教研所所长。然而，这碰巧是我想躲清静的时候。没办法，有时候人就是要自私点。可是，这些年我毕竟为数学教研所的发展倾注了心血，一旦普林斯顿这边的事情结束，我就会顾全大局，回去担起行政职责。

此外，还有菲尔茨奖！

---

[*] 威廉·舍勒的名曲《噢，我一人独自奔跑》中的一句歌词。——译者注

　　菲尔茨奖，所有向往它的人都不敢轻易说出这个名字，只把它简称为"FM"。这是对年富力强的数学家们的最高奖赏。国际数学家大会每 4 年颁发一次菲尔茨奖，每次仅有 2 到 4 名年龄不满 40 岁的数学家能获此殊荣。

　　数学界当然还有其他大奖，比如阿贝尔奖、沃尔夫奖和京都奖，或许比菲尔茨奖更难摘夺。但这些奖项能引起的反响和关注却都不如菲尔茨奖，其他奖项是对数学家整个学术生涯的肯定，不像菲尔茨奖那样具有跳板和鼓舞作用。显然，"FM"的光芒更夺目。

　　大家不惦记它，也不为得奖而工作，否则会让人陷入痛苦。

　　人们甚至不提它的名字，而我也尽量避免读出它的全名，我写下"FM"，了解的人就会懂得。

　　去年，我获得了欧洲数学学会奖，这一奖项也是每 4 年颁发给 10 位年轻的欧洲学者。在很多同事眼中，这意味着我依然在追求"FM"。我有很多优势，其中一点是我的研究领域很广 —— 分析、几何、物理、偏微分方程 …… 尤其与同代人相比。此外，澳大利亚华裔神童陶哲轩不再是我的竞争对手：他已在上届国际数学家大会上获奖，当时年仅 31 岁。

　　但是，我的成果并不是无懈可击的。我引以为傲的玻尔兹曼方程的条件收敛定理加入了正则性条件；如果想让定理变得完美无缺，就必须证明这个正则性条件。初步看来，有关弱有界里奇曲率的理论是正确的，而曲率 - 维数的一般处理方法还没有得到公认。我证明的数学结果看上去不错，但也有些不足：也许没有哪个专家能读懂我所有的著作。无论如何，为了能创造一丝机会，也为了平衡自己的心态，我必须证明一个在物理学上有显著意义且有一定难度的定理。菲尔茨奖获奖年龄的限制是 40 岁。这是多大的压力啊！我只有 35 岁 ……但是，2006 年在马德里召开的上届国际数学家大会上，获奖年龄被限制得更加严格了。从今以后，候选人在会议当年的 1 月 1 日不得超过

40 岁。新规则出台的时候，我知道这对我意味着什么：到 2014 年，我已经超龄 3 个月了。要想拿到"FM"，要么在 2010 年，要么将永远失去机会。

从那以后，菲尔茨奖天天钻进我的脑袋里。每次我都将它赶出去。没有人会为此耍手腕，大家也从不在台面上竞争菲尔茨奖，何况评审团成员都是匿名的。我不会同任何人谈论这个话题。为了提高得奖概率，反而不应该总惦记着它。不要总想着"FM"，集中精力到数学问题上，倾注全部的灵魂与肉体的能量。普林斯顿高等研究院是一个理想的地方，在这里，我可以忘我地投入科研，如同这里的先贤们那样。

对了，我住在一条叫做冯·诺依曼的路上！

❧❧❧❧

1929 年爆发经济危机的时候，班伯格家族可以说是幸运的。他们靠新泽西的百货商场赚了大钱，然后在经济危机来临 6 个星期之前把商场卖掉了。在经济一片凋敝之时，他们很富有，真的很富有。

然而，如果不把钱花出去，财富对人们来说是没有意义的。所以，他们希望资助一个体面的项目，梦想改变社会。班伯格家族本想建立一个高等牙科医学院，但有人前来劝阻，称最值当的方案是将这笔钱用于建立一座新的理论科学研究所。理论研究不用投入太多资金，何不用这笔钱建一座世界上最好的研究所，让其光芒照耀全世界呢？

此外，无论在数学还是理论物理领域，尽管各路专家不可能事事达成一致，但他们在谁才是顶级科学家的问题上并无分歧。一旦有人被公认为学界的巨擘，研究所就可以想法邀请他前来！

全新的班伯格研究所将邀请最好的科学家。经过多年的努力协商，爱因斯坦、哥德尔、外尔、冯·诺依曼……科学泰斗一个接一个地接受了邀请。当时，欧洲社会气氛骤变，犹太裔科学家和他们的朋友都不堪忍受，恰好促使世界科研中心从德国转移到美国。1931 年，班伯格家族的梦想终于成真了：普林斯顿高等研究院正式落成，旁边就是拥有将近两百年历史的知名学府普林斯顿大学。这所大学也由另一个极具传奇色彩的富商豪门——洛克菲勒家族资助而建。高等研究院的终身研究员可以领取一份丰厚的薪金，而且没有任何教学任务。

研究院随后不断发展。如今在自然科学的科系中，这里不仅有理论物理学的所有分支（天体物理、粒子物理、量子力学、弦论……），也有理论生物学。除此之外，研究院还成立了社会科学系与历史系。所有科系都延续着研究院的卓越传统。

在这所数学的圣殿中，数学家们纷纷前来宣讲自己的最新发现，竭尽全力吸引更多的注意。人们受邀前来做数月乃至数年的短期研究，其间只应专注于研究这一件事情，而这也是研究院出资请他们前来的原因——开创出世界上最好的理论。当然，人们还要适应无处不在的爱因斯坦，在铜像中，在相片中，在油画中，他那狡黠的目光始终注视着大家。

在这里，凡事都已为数学家考虑周全，令他们不用为数学以外的任何杂事操心。如果你携全家前来，研究院会早早为孩子注册学校。秘书团队会为你置办所需的所有物什。研究院会在几分钟之内为你准备一所住处。顶级的餐厅为你免去寻找饭馆的烦恼。周围的森林提供了一个绝佳的散步场所。当你一头钻进古老的图书馆时，会有一位女助理立即帮助你寻找需要的书籍，为你解释既古老又高效的文件管理系统。所有这一切都像是在告诉你：听着，小伙子，你在这里可以拥有你所想要的一切；所以，忘掉所有烦恼，专心投入到数学中吧！数学，数学，数学。

如果你在夏天造访研究所，不妨去参观一下人文科学图书馆，它恰好与数学系隔着池塘相望。晚上，这里空无一人，你就像一位洞穴探险家，面对装满来自另一个时代的宝物的洞府。这里有厚达一米的古代地图文献、硕大的词典和厚重的百科全书。

当你从图书馆出来的时候，可以到旁边的长椅上坐一会儿。夜，是世上最美妙的时刻。如果运气好，你还能听到呦呦的鹿鸣，看到萤火虫忽隐忽现的荧光，凝视月亮洒在深色湖面上闪现的点点银色。你能感受到 20 世纪那些最伟大的灵魂，交织成一道看不见的薄雾，笼罩在湖水的上方。

10

深夜，普林斯顿的宿舍里，我坐在地毯上，周围摆放着草稿纸。我面前是一个巨大的飘窗，白天，孩子们会透过飘窗观察那些灰松鼠。我思索着，涂写着，一句话都没讲。

在书房里，就在我旁边，克莱尔正在笔记本电脑上看《死亡笔记》。普林斯顿几乎找不到电影院，所以必须想办法消磨晚间时光。我向她极力称赞了这部灵异动漫的价值……她也很快上瘾了。这不啻是一个练习日语听力的好机会。

今天，我同克莱蒙通了电话。几天以来，我们的工作速度非常快。在普林斯顿，我没有教学任务，而他作为法国国家科学研究中心的研究员也没有教学任务。我们都可以自由地工作。

合作者之间存在时差也构成优势。7 小时的时差使我们可以几乎不间断地工作。比如，我在普林斯顿工作到半夜，3 小时之后，克莱蒙就能到达办公室，准备接手了。

我们卡在一个计算环节。他发现了一个很巧妙的办法，能让我们在解的存在时间上做个手脚，他对此抱有很大期许。我也承认他的想法一定会起到重要作用 —— 事实的确如此，而且比我想象得更重要！但我们还无法确信，这是否足以带领我们走出困境。我们需要其他的估计。

一个新的技巧。

⚜

Date: Mon, 12 Jan 2009 17:07:07 -0500

From: Cedric VILLANI <Cedric.VILLANI@umpa.ens-lyon.fr>

To: Clement Mouhot <clement.mouhot@ceremade.dauphine.fr>

Subject: 坏消息

我无法重建正则性传递中你得到的那些估计（转化到三指标空间后，有些东西变得很蹩脚）。我重新过了一遍你的计算，发现两个地方有问题：(a) 第 39 页 1.8 节的最后一个指标（在 "We use here the trivial estimate" 这句话之前），我觉得应该是 $\lambda+2\eta$，而不是 $\lambda+\eta$；(b) 我认为假设 (5.12 节) 中，估计不可能不依赖 $\kappa(\kappa\to 0$ 与 $\kappa\to\infty$ 的两个极限情况会彻底改变空间）。结论：我感觉这里有问题……

待续，

塞德里克

*

Date: Mon, 12 Jan 2009 23:19:27 +0100

From: Clement Mouhot <clement.mouhot@ceremade.dauphine.fr>

To: Cedric Villani <Cedric.VILLANI@umpa.ens-lyon.fr>

Subject: Re: 坏消息

明天下午我会再详细地看一遍。但我赞同 (a) 点，基本可以确定其他地方也存在着指标错误。对于 (b) 点，我原以为 (5.12 节) 对 kappa 的不依赖性（对于 kappa 取在一个紧集中）可以由以下原因保证 —— 散射

场 $X^{scat}_{s,t}$ 对 v 的弱依赖性：因为 $\Omega_{s,t}$ 与恒同变换很接近，它们的差是 O(t-s) 量级的，所以有 $X^{scat}_{s,t}=x+O(t-s)$。这个条件能不能使我们将所有 v 的导数"压缩到"O(t-s) 量级？

回头见，

克莱蒙

*

Date: Sun, 18 Jan 2009 13:12:44 +0100

From: Clement Mouhot <cmouhot@ceremade.dauphine.fr>

To: Cedric Villani <Cedric.VILLANI@umpa.ens-lyon.fr>

Subject: Re: 传递

你好，塞德里克，

我又参看了一遍雅班关于平均引理的想法（他在埃尔克莱港授课的讲义）。我做了一些计算，希望能找到它同我们的计算之间的联系。我觉得，在线性估计中，正则性的传递与平均引理相关，可是，用 L^1/L^\infty 表述不太合乎一般情况。比如，如果想把 x 的正则性传递到 v，且避免 x 有一个与 (t-s) 成正比的增益（gain），我们只能接受一个 <1 的增益，以便获得对时间的可积性，这与 L^2 情况下的极限 1/2 相吻合。另外这里似乎有一个新发现，如果在计算中增益与 (t-s) 成正比，这里就没有极限 1 了…… 同样，应该看看这个与 (t-s) 成正比的增益是否在非线性的正则性理论中也起作用（这是你一开始提出的问题）…… 你那儿有什么新情况？

克莱蒙

11

普林斯顿，2009 年 1 月 15 日

如同每个清晨一样，我来到公共大厅喝茶。这里没有爱因斯坦和善的微笑，只有安德烈·韦伊半身铜像，呈现他线条犀利的面庞。

公共大厅既不热闹也不奢华。这里有一块大黑板 —— 这并不奇怪。此外，还有烧茶的器具、几副棋盘和一堆一堆关于国际象棋的杂志。

其中一本杂志吸引了我的目光，这期杂志纪念了鲍比·菲舍尔。这位有史以来最伟大的棋手已经逝世将近一年了。他被偏执症重创之后，最终在颠三倒四和愤世嫉俗中结束了自己的生命。尽管言行癫狂，菲舍尔仍然是一位杰出的国际象棋选手，无人能望其项背。

在数学界，很多人有着类似的悲剧命运。

保罗·埃尔德什，这位漂泊的数学家一生写了大约 1500 篇论文 —— 这是世界纪录。他是概率数论的奠基人之一，却整日穿着破旧的衣服走遍全世界。没有房子，没有家庭，没有工作，只有他的包、他的旅行箱、他的笔记本和他的天资陪伴着他。

格里戈里·佩雷尔曼，为了秘密钻研著名的庞加莱猜想之谜，孤独地度过了 7 年，最终用一个出乎意料的证明震惊了整个数学界。一开始大家都不敢相信这是真的。也许是不想玷污这个证明的纯洁性，他拒绝了一位美国富人高达百万美元的奖金，并辞去了自己的工作。

亚历山大·格罗滕迪克，一个仍活在世间的数学传奇*，他深刻地革新了数学的面貌，在人类从未到达过的抽象高度上开辟了一个全新学派。他辞去法国高等科学研究所（IHES）的工作，隐遁到比利牛斯山区的一个小村庄里，从风流才子变为一名隐士，一个饱受癫狂折磨、写作成瘾的人。

库尔特·哥德尔，有史以来最伟大的逻辑学家，他证明了一个震惊世界的结果：没有任何一个数学理论是完备的，总有一些命题无法判断真伪。暮年时，他罹患被害妄想症，日益憔悴。他因为担心食物里有毒而拒绝进食，最终把自己活活饿死了。

还有约翰·纳什，我心目中的数学英雄，他在 10 年间用 3 个定理革命性地颠覆了分析与几何的面貌。之后，他也深陷妄想症之中。

人们常说，天才与疯子之间只有一步之遥。但什么是天才，什么是疯子，两个都没有明确的定义。况且，不论格罗滕迪克、哥德尔还是纳什，疯狂时期和数学创作的高峰期总是泾渭分明。

先天还是后天，这是另一个经典的辩论题。菲舍尔、格罗滕迪克、埃尔德什、佩雷尔曼都是犹太裔。在他们之中，菲舍尔和埃尔德什都来自匈牙利。任何一个在数学界里待过的人都知道，这个圈子里有太多的犹太裔天才，而匈牙利人的成就更令人震惊。正如 20 世纪 40 年代美国科学家圈子里流行的一个笑话说的那样："火星人的确存在：他们有着超人的智力，讲着令人无法理解的语言，还自称来自一个叫作匈牙利的地方。"

而纳什是一个纯粹的美国人，他的血统里没有任何能解释其非凡命运的缘由。无论如何，命运取决于众多因素！它混合着基因，混合着思想，混合着经验和际遇，构筑着生活中不可预测的辉煌与悲剧。基因或环境都无法解释命运的安排，事实就是这样。

---

* 本书完成于 2012 年，亚历山大·格罗滕迪克已于 2014 年去世。—— 译者注

❦

　　如果将两百名世界上最严肃的学者聚集在一起，然后把他们隔离在茂密的森林里，从大学生活的世俗干扰中解放出来，并且告诉他们尽其所能地工作，会发生什么呢？其实，也不会怎样。诚然，大量的前沿研究都是在普林斯顿附近这所著名的高等研究院里完成的。研究院提供了优厚的接待条件，再没有比此处更好的地方能让一位学者好好地坐着思考了。然而，根据很多研究者所言，问题就是：在研究院里，唯一要做的事情就是坐着思考。人们把高等研究院称为"象牙塔"，因为没有比这里更崇高的地方了。大多数世界一流的研究机构，无论多么严肃，也能让疲惫的书虫们找到一个可以喝上一杯小酒、听点音乐的地方。高等研究院则不然。老前辈们总是谈论着在"少不更事"的四五十年代，研究院曾是普林斯顿知识精英们的聚会中心。约翰·冯·诺依曼不仅开创了现代计算科学，而且，传说他收集了很多令人头脑麻木的鸡尾酒，总在狂野的盛宴上随心所欲地分发给大家。爱因斯坦不仅颠覆了物理学，偶尔也拉拉小提琴。根据从长辈那里获得的线索来说，研究院的长老们似乎相信 —— 就像他们说过的那样，一个人应该多才多艺，能够从事各种活动，不论高低贵贱，这才是中庸之道。但现在，理性的阿波罗主义已经搞垮了研究院里浪漫的狄俄尼索斯主义。对研究院的很多成员来说，"娱乐一下"这个念头只能被当作一个抽象概念。当你徜徉在研究院里时，很可能被一个诺贝尔奖得主或者一个菲尔茨奖得主绊倒。在得到研究院的慷慨支持后，你甚至也有可能成为其中一员。但可以肯定的是，你在此处绝不可能找到任何人一起喝酒谈笑。

> —— 摘自马歇尔·坡《回忆的百科全书》
> （*Encyclopedia of Memory*）中的文章
> "别擦，高等研究院里空前绝后的摇滚乐队"

12

周六晚上，阖家聚餐。

这天白天，高等研究院为访问学者们组织了一次一日游，游览了自然历史爱好者心目中的圣地 —— 纽约自然史博物馆。

我还清晰地记得第一次游这座博物馆时的情景，已是整整 10 年前的事情了。当我亲眼见到那些举世闻名的化石 —— 那些我年少时整日翻看的恐龙科普图册中的化石，你能想象我是多么激动！

今天，我仿佛年轻了 10 岁，把数学的烦恼全抛诸脑后。可是，现在在餐桌上，它们又都回来了。

克莱尔注意到我的面部肌肉在抽搐，我脸上的痛苦表情让她愣了一下。

朗道阻尼的证明总是站不住脚。问题一直在我脑袋里翻滚不息。

怎么办，该死！当复合上速度的时候，怎样才能通过传递位置正则性得到衰减 …… 复合上速度后，将会产生对速度的依赖。但这不是我想要的，不要速度！

好乱啊！

我在饭桌上几乎没怎么说话，只用最简单的方式做着应答，最多敷衍几个词，甚至就是哼一下。

"今天好冷啊！应该可以玩雪橇了吧……你有没有看到今天池塘上的旗子是什么颜色的？"

"红色吧，我想。"

红色旗子的意思是：尽管池塘已经结冰了，但仍禁止在冰面上行走，非常危险。白旗则意味着：小家伙们，去吧，冰面很结实，尽情地蹦吧、跳吧、大笑吧、玩闹吧、跳舞吧！

我已经答应 1 月 15 日要在罗格斯大学的一个统计物理学研讨班上宣讲我的研究结果！证明根本没有完成，我当初**怎么**就答应了呢？我怎么跟人家交代啊？

看看，我 1 月初到这里的时候，曾多么自信满满地想着会在两周之内完成证明！幸运的是，这个研讨班被推迟了两周。但就算推迟两周，我能准备好么？时间已经所剩无几了！可是，我之前怎么可能想到这个问题会如此之难呢？我从来就没有碰上过这种情况。

速度，问题就出在速度上！如果这里没有对速度的依赖，我们可以在傅里叶变换之后做变量分离。但是，对速度存在依赖时该怎么做？况且，在我考虑的非线性方程中，速度是要素！

"你还好吗？可别把自己弄出病来！放松点，别那么紧张。"

"嗯。"

"我觉得你真有点神志不清了。"

"知道吗，我这儿有个难题，叫作非线性朗道阻尼。"

"你应该关注玻尔兹曼方程，这才是你的大方向啊。你不觉得现在有点偏离航向吗？"

"我不管。现在，我就要做朗道阻尼。"

然而，朗道阻尼依然高傲冷艳、遥不可及，让我无处下手。

……**无论如何**，还有个小小的演算方法，是我在从博物馆回来的路上想到的，或许能带来一丝希望？不过，演算可真够复杂的！我在范数中又加入两个参数。此前，我们的范数依赖于五个指标，这已

经破世界纪录了，而现在要依赖七个指标！但为什么不呢？对不依赖
于速度的函数使用这两个指标的时候，会得出跟以前一样的范数，十
分吻合 …… 我应该仔细验证这个计算。可是，如果我现在动手，有
可能会出差错，还是等到明天吧！真该死，一切都要重做，所有一切，
全怪这个挨千刀的七指标范数。

看到我忧郁的神情，克莱尔很心疼，觉得应该做些什么让我感觉
好些。

"明天是周日，你可以在办公室待一整天，我留在家里照料宝贝
们。"

这一瞬间，世界上再没有什么更能让我高兴的事情了。

⌒⌒⌒⌒

Date: Sun, 18 Jan 2009 10:28:01 -0500
From: Cedric VILLANI <Cedric.VILLANI@umpa.ens-lyon.fr>
To: clement.mouhot@ceremade.dauphine.fr
Subject: Re: 传递

On 01/18/09, 13h12, 克莱蒙·穆奥写道:
> 你那儿有什么新情况?

我取得了一些进展 …… 一开始，我有些犹豫不决，但最终确信，如
果按照你的方法，我们在大时间尺度上会达不到预期。我找到了另一
种方法，可以正确处理时间变量，看起来应该没问题。仅有一点需要
指出，此方法需要引入一些更复杂的新空间，多出两个指标 :-) 然而，
在这个新框架下，所有估计看似仍旧都能成立。当然，这还需要验证。
无论如何，这都是些非常精细的计算对象。我相信，这些计算是问题
的核心之一。如果一切顺利，今晚我将发给你一个新版本，其中会留
下一些需要填补的空白。然后，我们就能重新开始并行工作了。

祝好，
塞德里克

*

Date: Sun, 18 Jan 2009 17:28:12 -0500
From: Cedric Villani <Cedric.VILLANI@umpa.ens-lyon.fr>
To: clement.mouhot@ceremade.dauphine.fr
Subject: Re: 传递

这是最新版的文稿，为了确保成立（我还没考虑牛顿迭代），应该做到：(i) 验证我在第 4 节末引入的"双混合"（bihybrides）范数具备与"简单"混合范数相同的性质，从而保证在特征线上我们在这些范数的框架下有相似的估计（!）；(ii) 找一种方法把新写的第 5 节中所描述的两个不同效应整合起来；(iii) 把上述内容全部添加到第 7 节末尾，以便完成对全密度的估计；(iv) 进行总体验证！应该说，我们有很多工作要做。目前，我建议你把我写好的内容都验证一下，发现疑问就告诉我。晚些时候，我会告诉你，我们可以同时开展哪些工作……

补充一些细节：

关于你对正则性传递的估计，我觉得有点问题，结果过分强了。我在常见范数框架下无法重现这一结果。但是，我在第 5 节用你的方法处理了一个传递。但是，利用这种方法处理大时间尺度时($t\to\infty,\tau$ 会很小），看上去不可行，可取的指数不足以让对时间变量的积分收敛。我精心炮制了一个方法，专门处理对时间的积分（别问我怎么想到的），但这个方法无法得到正则性。还需想办法把两者结合起来。

待续，

祝好，

塞德里克

*

Date: Mon, 19 Jan 2009 00:50:44 -0500
From: Cedric Villani <Cedric.VILLANI@umpa.ens-lyon.fr>
To: clement.mouhot@ceremade.dauphine.fr
Subject: Re: 传递

我校对了一遍文稿，并做了一些修改，请以这次随信附寄的文稿为准。下面是工作分配方案的建议。

- 你来证明命题 4.17 和定理 6.3，这对你可能有些残忍。但好处是，你不得不仔细把我在第 4 节和第 6 节的所有估计再读一遍:-) 这可不是在浪费时间，一个关于指数满足条件的计算错误，会导致全盘皆输。在我标注着"胡扯"的两处地方，估计都是随意写的。它们有可能正确，但实际情况也有可能更复杂。不用写出证明，但应该保证估计的界都是正确的，剩下的部分都与此相关。

- 在此期间，我来完成第 5 节和第 7 节中与定理 6.3 无关的部分。

- 同时，明天我还要同特里梅因见面，讨论引言中的物理学内容。

- 如果你能把以下批注整理成型，就可以加进第 5 节的导言中。在第 5 节里，我已经提及此处与平均引理的联系。注意：鉴于我们是在解析框架下工作，还不能完全确定这是个 L^1/L^\infty 现象?

如果你有时间立刻展开上述工作，一切顺利的话，我们有望在两到三天内完成任务。这样一来，就剩把下牛顿/纳什－莫泽迭代加上去了。但是，我觉得当务之急是更正第 4.17 节和第 6.3 节的表述，确保后面的工作不是"空中楼阁"。

祝好，

塞德里克

*

Date: Mon, 19 Jan 2009 13:42:27 +0100

From: Clement Mouhot <clement.mouhot@ceremade.dauphine.fr>

To: Cedric Villani <Cedric.VILLANI@umpa.ens-lyon.fr>

Subject: Re: 传递

嗨，塞德里克，

越来越怪异了；)！

摘自 global-3 文件（2009 年 1 月 18 日）

4.7 双混合范数

我们将使用如下更加复杂的范数：

定义 4.15. 我们通过以下表达式定义空间 $\mathcal{Z}^{(\lambda,\lambda'),\mu;p}_{(\tau,\tau')}$

$$\|f\|_{\mathcal{Z}^{(\lambda,\lambda'),\mu;p}_{(\tau,\tau')}} = \sum_n \sum_m \frac{1}{n!(n-m)!}$$

$$\times \left\| \left(\lambda(\nabla_v + 2i\pi\tau k)\right)^m \left(\lambda'(\nabla_v + 2i\pi\tau' k)\right)^{n-m} \widehat{g}(k,v) \right\|_{L^p(dv)}.$$

$(\cdots)$

排除障碍和错误后，我们能得到的最好结果就是通过在第 4.7 节中定义的"双混合"范数来得到衰减性：

命题 5.6（混合空间中的正则性 - 衰减性估计）

令 $f = f_t(x,v)$, $g = g_t(x,v)$, 并且

$$\sigma(t,x) = \int_0^t \int f_\tau(x - v(t-\tau), v) g_\tau(x - v(t-\tau), v) \, dv \, d\tau.$$

则

$$\|\sigma(t)\|_{\mathcal{F}^{\lambda t + \mu}} \leqslant \left(\frac{C}{\bar{\lambda} - \lambda}\right) \sup_{0 \leqslant \tau \leqslant t} \|f_\tau\|_{\mathcal{Z}^{\bar{\lambda},\mu;1}_\tau} \sup_{0 \leqslant \tau \leqslant t} \|g_\tau\|_{\mathcal{Z}^{(\lambda,\bar{\lambda}-\lambda),\mu}_{(\tau,0)}}.$$

13

普林斯顿，2009 年 1 月 21 日

多亏参观博物馆那天晚上想到的高招，我又能重整旗鼓了。整整一天，我的心里都交织着希望与恐惧。面对一个严峻的难题，我先做了一些显式计算，此后，我终于明白如何处理其中一个过大的项。同时，我也被眼前的复杂困境弄得晕头转向。

伟大的弗拉索夫方程难道会如此阴晴不定？我原本以为自己已经开始理解它了。落在纸上的计算显示，在某些特殊时刻，弗拉索夫方程对扰动的反应速度过快。我从没听说过这样的事情，在我读过的书里和论文中都没见过。但无论如何，总算有进展了。

Date: Wed, 21 Jan 2009 23:44:49 -0500
From: Cedric VILLANI <Cedric.VILLANI@umpa.ens-lyon.fr>
To: Clement Mouhot <clement.mouhot@ceremade.dauphine.fr>
Subject: !!

这回好了，我顶着一头雾水，苦熬了几个小时之后，终于彻底弄明白消去 O(t) 的原因，今天我还在电话里抱怨过。

这真是太怪异了！

表面看来，这既不在双线性估计中，也不在莫泽迭代中，而是在格朗沃尔方程中，我们通过 \rho 本身来估计它 …… 关键在于，我们会得到一个类似这样的结果：

u(t) \leq source + \int_0^t a(s,t) u(s) ds

这里 u(t) 是 \|\rho(t)\| 的一个界。如果

\int_0^t a(s,t) ds=O(1)，那么一切就都好办了。问题是 \int_0^t a(s,t) ds 看上去有 O(t) 那么大（真的无法避免，我检验了最佳的可能情况，还是会发生上述问题）。但是，这种情况总是发生在 [0,t] 的内部，并且靠近中间（出现在 k 与 \ell 满足 0=(k+\ell)/2 的情况下）；或者，如果 0=(2/3)k + \ell/3，它会出现在 2/3 处，如此类推。而 u(s) 的递归方程则类似于

u(t) \leq source + epsilon t u(t/2)

这个不等式的解虽不先验有界，却增长缓慢（低于指数阶）！然而，由于 \rho 的范数中含有指数衰减因子，我们最终可以得到衰减性 ……

看来，把这个问题整理清楚，任务有点艰巨（大体上讲，必须列举所有共振）。这是我明天要做的工作。但这不影响对双混合范数性质的验证计划。

祝好，

塞德里克

*

Date: Wed, 21 Jan 2009 09:25:21 +0100
Subject: Re: !!
From: Clement Mouhot <clement.mouhot@ceremade.dauphine.fr>
To: Cedric Villani <Cedric.VILLANI@umpa.ens-lyon.fr>

这看起来确实很怪异！我看了纳什 – 莫泽部分，也觉得貌似不太可能把 t 吸收进来 …… 但是，根据我所理解的 u(t) 界的论证，必须让使 a(s,t) 很大的那个 s 点始终与 t 之间保持一致严格的正距离 …… 另一个问题是，在解决非线性方程问题的时候，我们也许可以设一个在时间上低于指数阶的界。为了用 \rho 的范数消除这个界，指标上必然会有些损失，但我认为，在纳什 – 莫泽迭代中是不是应该杜绝这一点？

祝好，

克莱蒙

14

普林斯顿，2009 年 1 月 28 日

黑暗！我需要黑暗，需要一个人待在黑暗中。躲进孩子们的房间里，关上百叶窗，很好。正则化、牛顿迭代、指数常数，一切都萦绕在我的脑海中。

把孩子们接回家后，我立刻躲进他们的卧室，继续冥思苦想。明天就是在罗格斯大学作报告的日子了，而证明还是站不住脚。我需要独自一人迈开脚步，才能专心思索。**真是火烧眉毛！**

克莱尔毫不犹豫地担起了全部家务。当她忙着准备晚饭的时候，我却一个人躲在黑暗的小房间里，一圈一圈地原地打转，这确实有点夸张。

"你这也太奇怪了吧！"

我没有回答。我的所有感官已经被数学思维和紧迫感占据。我依旧同家人共进晚餐，之后一整晚都在工作。某个本以为已大功告成的演算，现在看来却行不通了。我应该是什么地方出了差错。到底严不严重呢？

将近凌晨两点钟的时候，我停了下来。我觉得，最终一切都能成立。

Date: Thu, 29 Jan 2009 02:00:55 -0500
From: Cedric Villani <Cedric.VILLANI@umpa.ens-lyon.fr>
To: Clement Mouhot <cmouhot@ceremade.dauphine.fr>
Subject: global. -10

！！！我想我们找到缺失的环节了。

- 首先 (排除出错的情况)，我终于知道如何损失一个任意小的 epsilon 了 (但会引入一个很大的常数，大小约是 1/epsilon 的指数或者 1/epsilon 的平方的指数)。我通过一个不可思议的计算得到了这一点。我暂时将计算大纲放在第 6 节的末尾。计算看上去无比神奇，但恰好得出了我们所需的结论，因此还算可信。

- 其次，我已经找到了特征线和散射上损失的出处。我们需要重做这一节的所有计算，这听起来有些残忍 …… 我在本节末尾的一个小节中写了些评注。

就此，我认为我们已经掌握保证纳什 - 莫泽迭代的条件了。明天是周四，我不在。这是我建议的后续工作计划：我负责重做第 6 节，采用一个低于指数阶的增长。在此期间，你来做散射估计 —— 这部分应该不算太糟。我们争取在下周初把除最后一节之外的全部内容写完。你看行吗？

祝好，
塞德里克

15

新布朗斯维克，2009 年 1 月 29 日

一直让我惶恐不安的这一天终于到来了。我应邀前往罗格斯大学统计物理学讨论班，会场距离普林斯顿大约三十公里。两位住在普林斯顿而在罗格斯工作的学者 —— 埃里克·卡伦与乔尔·莱博维奇陪同我驱车前往那里。

这是我第二次去罗格斯大学。上一次，我去参加克鲁斯卡尔的纪念活动。克鲁斯卡尔缔造了孤子的概念，是一位伟大的智者。我依然清晰记得人们讲述的那些小轶闻：克鲁斯卡尔与两位同事忘我地投入到讨论之中，结果在电梯里待了二十分钟，期间，其他人一如平常地在电梯里上上下下、进进出出。

今天的气氛可不会这么轻松。我紧张得要命！

一般来说，大家会在学术报告会（也叫讨论班）上讲一些已经经过仔细论证，并检验过多次的成果。时至今日，我也一直都是这么做的。但是，今天却远非如此：我要介绍的工作结果尚未经过仔细推敲，论证甚至都还没有完成。

当然，我昨晚确信一切都会顺利，只差把结尾写完。但今天早上，我心里开始犯嘀咕。之后，我尽量转移注意力。坐在车里时，我又忍不住反复思量这些问题。

在报告过程中，我由衷地说服了自己，相信所有证明都是可行的。这算是自我暗示吗？我并没有给出太多数学细节，只是强调了问题的涵义及其物理意义。我展示了那个亮眼的范数，它的复杂性让听众们都震惊了。可我仅仅展示了五指标范数，还不是那个七指标范数……

报告结束之后，十几个人聚在一起用午餐，大家讨论得热火朝天。刚才在听众席中，一直有一个调皮鬼，忽闪着大眼睛，始终一副兴致勃勃的样子 —— 他叫迈克尔·基斯林。现在，他正带着极富感染力的热情告诉我，他从年轻时就如何热爱等离子体物理学、屏蔽、等离子体回波、拟线性理论……

迈克尔·基斯林

等离子体回波引起了我的注意。这是多么美妙的实验啊！首先准备一个等离子体，也就是一些气体，将其中的电子和原子核分开，令其保持静止。在实验开始的时候，用一个被称为"脉冲"的短促电场扰乱等离子体的静止状态。这样制造出来的电流会逐渐变得模糊。然后，加上第二个电场，等到电流再次变得模糊，此时，会突然出现一个神奇的现象：如果两个脉冲选得恰到好处，等离子体会在一个精确的时刻产生一个自发的回应，我们称其为**回波**……

是不是很神奇？让电场对着等离子体以某个频率"叫喊"一声，然后以另一个频率再"叫喊"一声，一段时间之后，等离子体会以第三个频率给出回应！

这让我想起几天前做的一些计算：一个时间共振……我研究的等离子体在某些极特殊时刻起了反应……我当时还以为自己肯定搞错了。也许，这与回波现象是一样的，而且早已被等离子体物理学界所熟知。

我将晚些时候再考虑这些问题。现在，我要与在座的各位教授们好好聊一聊，比如，这段时间谁在你们的课题组工作？你们是否招聘到了理想的人选？是啊，是啊，一切都很顺利，我们这里有某某人，还有某某人……

其中一个名字让我直接跳了起来。

"什么？弗拉基米尔·舍费尔也在这里工作？！"

"是啊，他被借调到这里。怎么了，塞德里克，你了解他的工作？"

"当然，我曾经在布尔巴基讨论班上做过一个关于他研究成果的报告，就是那个著名的欧拉方程反常解的存在性定理……我要见见他！"

"不过，我们在这里很难遇到他，我已经很久没有和他说过话了。等一会儿吃完饭，我试试帮你联络一下。"

乔尔最终成功地联络到他。舍费尔来到乔尔的办公室，加入了我们的讨论。

这次会面让我记忆深刻。

一开始，舍费尔花了很长时间向我们表示歉意，解释自己无法早点赶来的原因，又对我们谈起他正忙着尽快平息几起控告大学的官司 —— 八成是愤怒的学生提起的诉讼吧？

然后，我们找到一间小屋，面对一块黑板，单独讨论了一些数学问题。

"我曾在布尔巴基研讨班上做了一个关于您工作的报告。我把报告打印出来了，给您！这是用法语写的，但也许您用得着。我详细解释了卡米洛·德·莱列斯与拉斯洛·塞凯伊希迪如何改进并简化了您关于反常解存在性的定理。"

"啊！很有意思，谢谢。"

"我想知道，您是怎么萌发这个想法的？怎么想到去构造这样一个解? 真让人难以置信。"

"我来解释一下吧, 其实很简单。我在博士论文里证明了存在一些不可能的对象。在现实世界中, 这些对象不应当存在。这就是证明方法。"

他在黑板上画了几个方块, 还有一颗绽放四条光芒的星星。我一下就认出了这幅图。

"我认识这个, 这是塔塔尔的 T_4 位型图 (T_4 configurations)!"

"真的? 好吧, 也许吧, 我不知道 …… 不管怎样, 我用这个图构造出了某些椭圆方程的不可能解。并且, 据我理解, 应该有一个一般方法。"

卢克·塔塔尔 (1946—　)

他解释了这个方法。

"这个我也知道, 这是格罗莫夫的凸积分!"

"是吗? 我觉得不是, 我这个方法要简单得多吧。这个构造法能够成立的唯一原因是它处在一个凸包之中, 而且, 每一次都可以把近似解表示成为一个凸组合, 然后 ……"

在他的陈述里, 我认出了凸积分理论的所有要素。这个怪才竟然在完全不了解他人研究成果的情况下, 单独重建了整套理论? 他是生活在火星上吗?

"那么, 流体力学呢?"

"是啊! 有一天, 我听了曼德尔布罗的一个报告。我对自己说, 我也要做类似的事。然后, 就开始从分形数学的角度研究欧拉方程。结果, 我发现可以重建出与博士论文内容相类似的结果。但这会很复杂。"

我聚精会神地听着。谁知, 两三句平常话语之后, 他忽然生硬地停了下来。

"哦，很抱歉，但现在我得回去了。我还要搭公交车，这会儿正下大雪，路很滑，我平衡感又不太好，很容易滑倒，而且我回家的路很远……"

在会面的最后一段时间里，他为自己的提前告辞找了各种各样的托词。真正的数学讨论只持续了大约 5 分钟，在这期间我什么都没学到。这就是最惊人的流体力学理论的原创者！上智之人也有可能是一个蹩脚的交谈对象，眼前就是一个活生生的例子。

我跟乔尔抱怨，这次会面仅仅持续了 5 分钟，实在太可惜了。

"算了吧，塞德里克，对弗拉基米尔来说，5 分钟基本上是他跟大家在过去 5 年里谈话时间长度的总和了。"

现在，我应该把思绪从这次印象深刻的会面中拉回来了……还是回去继续研究我的朗道阻尼吧。

回到普林斯顿后，我又开始质疑我的结果。

经过仔细考虑之后，我发现证明行不通。

在罗格斯大学的这次报告是我研究生涯中的一个重要转折。我公布了一个没有被证明的结果，这是个巨大的错误，破坏了听众与报告人之间的互信关系。为了不让错误变得更加严重，我已经没有退路了，必须不惜一切代价证明我公布的结果。

据说，我心中的数学英雄约翰·纳什惯于公布尚且不知如何证明的结果，将自己置于巨大压力之中。无论这是不是真的，至少纳什嵌入定理就是如此。

从罗格斯大学的报告开始，我感受到了一丝类似的压力。在未来的几个月中，一种紧迫感紧紧纠缠着我。一定要完成这个定理，否则我就身败名裂了！

想象一下：一个静谧的夏日午后，你在森林中漫步，然后在池塘边停下脚步。一切都很安静，没有一丝风吹过。

突然，池塘的水面开始骚动，出现了一个奇妙的漩涡。

一分钟过后，一切又恢复了平静。始终没有刮风，池塘里也没有鱼，这究竟是怎么一回事呢？

舍费尔－施尼莱曼悖论无疑是流体力学中最惊人的研究成果。它显示出，上述怪象是可能出现的，至少在数学世界中如此。

这一结论并没有建立在某种奇异的模型、量子概率论、暗能量或者其他什么基础之上，而是基于非压缩性欧拉方程——这个方程是所有偏微分方程的长老，已经被所有人接受，无论是数学家还是物理学家。方程刻画了一种没有内摩擦且不可压缩的理想流体。

欧拉方程已诞生 250 年了，但直到今天，我们仍然无法参透它所有的秘密。更有甚者将欧拉方程视为最令人捉摸不透的方程之一。克雷数学研究所曾提出 7 个问题，每题悬赏百万美金向世人征解。他们特意把纳维－斯托克斯方程解的正则性问题包含进来，却谨慎地避免了讨论欧拉方程问题，因为欧拉方程更加怪异。

但是，第一眼看上去时，欧拉方程是如此简单、如此单纯，于是，人们会不假思索地把它认定为流体力学领域的重要方程。完全不必对密度变化进行建模，也不用讨论神秘的粘性，只需写下守恒定律，即质量守恒、动量守恒和能量守恒。

谁知，在 1993 年，舍费尔竟然证明平面中的二维欧拉方程允许自发产生能量！从"无"创造出能量！在自然界中，人们从来没有见过哪种流体能发生这种怪象！也就是说，欧拉方程中还隐藏着一些能让我们大吃一惊的秘密。

舍费尔的证明堪称一项展现了精湛数学技艺的杰作，但也相当晦涩难懂。我怀疑，除了证明的作者本人，再也没人仔细读过它的细节，而且我敢说，恐怕没人知道如何重建这个证明。

1997 年，以独树一帜而闻名的俄罗斯数学家亚历山大·施尼莱曼给出了一个令人惊叹的全新证明。不久之后，他甚至对欧拉方程的解提出了一个在物理学上可行的准则，以保证不出现病态解。

令人慨叹的是，几年之前，两位年轻有为的数学家，意大利人卡米洛·德·莱列斯与匈牙利人拉斯洛·塞凯伊希迪证明了一个一般性定理，震惊了世界。事实上，二人借施尼莱曼准则失效的情况解决了悖论。更厉害的是，他们基于凸积分理论给出了一个构造反常解的新方法。该方法更加清晰，回归到弗拉基米尔·斯维拉克、斯特凡·穆勒、贝恩德·基希海姆等众多数学界前辈们已开拓的道路上。如此一来，透过德·莱列斯与塞凯伊希迪的研究成果，人们才发现，我们从前对欧拉方程的了解比自认为的还要少。

然而，我们过去几乎从未意识到这一点。

2008 年布尔巴基研讨班讲稿摘录

定理（舍费尔，1993 年，施尼莱曼，1997 年）。 以下二维非压缩性欧拉方程

$$\frac{\partial v}{\partial t} + \nabla \cdot (v \otimes v) + \nabla p = f, \quad \nabla \cdot v = 0,$$

在无外力源 ($f \equiv 0$) 的情况下存在一个对时间和空间是紧支的非零弱解。

定理（德·莱列斯与塞凯伊希迪，2007 年和 2008 年）。 假设 Ω 是 $\mathbb{R}^n$ 上的一个开集，$T > 0, \bar{e}$ 为 $\Omega \times]0, T[\to]0, +\infty[$ 上的一个一致连续函数，并且 $\bar{e} \in L^\infty(]0, T[; L^1(\Omega))$。那么对于任意的 $\eta > 0$，无外力源 ($f \equiv 0$) 欧拉方程存在一个弱解 (v, p)，使得

(i) $v \in C(\mathbb{R}; L^2_w(\mathbb{R}^n))^n$；

(ii) 如果 $(x, t) \notin \Omega \times]0, T[$，$v(x, t) = 0$，特别地，$v(\cdot, 0) = v(\cdot, T) \equiv 0$；

(iii) $\dfrac{|v(x, t)|^2}{2} = -\dfrac{n}{2} p(x, t) = \bar{e}(x, t)$ 对于所有 $t \in]0, T[$ 以及几乎所有的 $x \in \Omega$ 成立；

(iv) $\sup\limits_{0 \leqslant t \leqslant T} \|v(\cdot, t)\|_{H^{-1}(\mathbb{R}^n)} \leqslant \eta$.

此外，

(v) 在 $L^2(dx\, dt)$ 意义下，$(v, p) = \lim\limits_{k \to \infty} (v_k, p_k)$,

这里每个 (v_k, p_k) 都是紧支集 C^∞ 函数对，均为欧拉方程组的古典解，它们的外力源 $f_k \in C^\infty_c(\mathbb{R}^n \times \mathbb{R}; \mathbb{R}^n)$ 都是事先选择的，且在分布意义下 $f_k \to 0$。

～ **16** ～

普林斯顿，2009 年 2 月 25 日

普林斯顿的生活多么平静！森林、灰松鼠、水塘、自行车。

还有地道的美食：口感柔软、嫩滑的烤剑鱼肉，南瓜浓汤就像在家里做的一样，还有一种加了桑葚的奶油软糖甜点……

午餐休息过后，已是下午 3 点了。这个时间正好去庄严肃穆的富尔德大楼喝下午茶。富尔德大楼坐落在高等研究院的入口处，人们能在此品尝到刚出炉的蛋糕，每天都花样翻新。我尤其钟爱这里的玛德莲娜蛋糕，与 15 年前我为宿舍左邻右舍烘烤的玛德莲娜蛋糕相比毫不逊色。

坦率地讲，这里的面包做得实在很一般。口感酥脆的长棍面包在普林斯顿十分罕见。可是，说到生活必需品方面的缺憾，不得不提到糟糕的奶酪产品，真是让全家人备受煎熬！果味孔泰奶酪、柔美的羊奶酪、芳香的埃舒尔尼亚克奶酪、绵软的布里亚－萨瓦兰干酪……你们都在哪里啊？哪儿又能找到酥软的船形饼干和辣橄榄油，还有餐桌上不可缺少的荷兰半软奶酪？

这个月，我前往美国西海岸待了几日，对伯克利分校数学科学研究所进行一次短暂访问。这家世界首屈一指的研究所吸引了众多数学家。我曾经于 2004 年在这座城市生活过 5 个月。此次旧地重游，让我

十分激动！

当然，我没有忘记光顾自己在伯克利最喜爱的餐厅 ——"起司甲板"。这就像一家奶酪生产商合作社，在当地堪称一个传奇。在这里，食客们可以找到各个品种的奶酪，足以让法国奶酪黯然失色。

我从"起司甲板"买到了山羊奶酪，满载而归。回家后，孩子们一定会扑上来贪婪地大吃特吃。我向卖家坦言道，新泽西实在找不到什么好奶酪，他推荐我去纽约的默蕾奶酪店逛一逛。终于得救了！

在法国，堪与美国数学科学研究所并肩而立的机构是庞加莱研究所，私下被大家昵称为"IHP"（Institut Henri Poincaré）。1928 年，这家研究所在洛克菲勒家族与罗斯柴尔德家族的共同资助下创立。两个月前，庞加莱研究所的行政委员会推举我为新所长，按照他们的说法，这一决定被一致通过。但我还没有接受这个职位。我提出了一些条件，他们需要时间来考虑考虑。很多时间。

距离我被推举为所长候选人已经过去了 4 个月。在最初的惊讶之后，我对自己说，这也许会是一个有趣的经历，所以接受了参选。我没有跟里昂高等师范学院的同事们提过这件事，我怕他们会不高兴 …… 为什么在拒绝了师范学院教研所所长一职之后，却接受出任另一家研究所的所长？作为一个在里昂成长起步的人，我为什么要去巴黎？现如今，有谁还愿意去做一个整天被行政琐事烦扰的研究机构负责人，每年屈从于越来越复杂的法规条文？

我当时是多么天真啊，居然以为能够瞒住参选庞加莱研究所所长的事！至少，在法国不会有秘密 …… 里昂的同事们很快就知道了，并且一直为此感到无比困惑。对于我这个年龄的学者来说，接受如此显要的职位是一件极不相宜的事情。他们怀疑我隐瞒了什么，比如，我参选背后有着什么不可告人的私人原因。

其实，根本没有什么秘密，一点儿也没有。有的只是迎接挑战的真诚愿望。但是，必须要有一些条件作为保证！然而，法国那边始终没有令人振奋的消息，讨论似乎陷入了泥潭 …… 这下，是登陆巴黎，还是回归里昂？

也许两个都不选。不管有没有奶酪，普林斯顿的生活都非常惬意。况且，他们建议我再多留一年，更让人心动的是，这里会提供更好的物质条件和更高的工资。另外，克莱尔重新开始了她的研究工作，在普林斯顿大学地球科学的博士课程中取得了学分，而且还加入一个研究小组，参与了一项不同寻常的科研项目，可能是关于已知最古老动物化石的最新发现。真了不起！小组负责人敦促她开展一个博士后研究。无论如何，为了陪我来普林斯顿，克莱尔放弃了在里昂的教职。而且，现在回去参加下一轮教职评审为时已晚。一切都在暗示：别急着回去。就算为了她，留在这里应该也是最简单、最圆满的选择。

在这种情况下，我很难抗拒普林斯顿抛出的诱惑。当然，我不会考虑在一个面包质量不佳的国度彻底定居下来 …… 但只待几年，又有何不可呢？说到底，如果他们不能为我在巴黎提供足够好的条件，我也无能为力啊！

几周以来，这些事情都在我的脑海中盘旋着，尤其是今夜。我甚至下决心给法国写一封电子邮件，谢绝庞加莱研究所所长一职。

翌日清晨，当我打开电子邮箱时，戏剧性的一幕出现了：好了，我提出的所有条件都被接受了！他们同意给我加工资，同意减少我的教学任务，同意延长我的个人津贴时限。这些条件在美国都是常规，在法国却是破天荒。克莱尔靠在我肩上，仔细地读了这封信。

"如果一切都如你所愿，你就应该回去。"

她说出了我的心声。我将于 6 月底回法国，我们将对普林斯顿说再见！

我应该提前告知在美国的新同事，告诉他们我即将离开。有人十分看好我的决定 —— 加油，塞德里克，这肯定会特别有意思；也有人为我担心 —— 塞德里克，你真的想好了吗？领导一个如此繁杂的研究所，这兴许是你研究生涯的末日啊；更有人大为恼火，普林斯顿的一位著名学者为此三个多月没跟我说话。无论在美国还是法国，我的人际关系都将变得更加复杂。

在这令人困扰的局面中，有一点是确定的：对我来说，目前最重要的事情是与克莱蒙的合作研究。

❧

庞加莱研究所坐落于皮埃尔与玛丽·居里大学的校园中。这座"数学与理论物理学殿堂"建成于 1928 年，宗旨是将法国数学界从当年孤立的困境中解救出来。很快，这里就成为法国科学与文化教育圣地。爱因斯坦曾在此讲授广义相对论，沃尔泰拉曾在此向法国学术界介绍生物数学分析。庞加莱研究所成立了法国第一家统计学研究所，同时，这里还开展了法国第一个计算机开发计划。艺术家们也经常造访此地，超现实主义艺术家们喜欢在这里寻找灵感，曼·雷的摄影作品和画作就是佐证。

20 世纪 50 至 60 年代，庞加莱研究所是巴黎大学的数学教学场所，70 年代曾一度荒废，随后又在 90 年代初翻新重建，呈现出今天的样子：它既是皮埃尔与玛丽·居里大学下属的一个学院，也是国家科研战略的组成部分，获得法国国家科学研究中心的支持。在知名学府密切管理的庇护下，庞加莱研究所可以免受外界干扰，同时，拥有其他任何同等规模研究所不可企及的技术和行政团队。而且，有了法国国家科学研究中心作为后盾，研究所享有更加充裕的财政支持，以及全国科教网络的丰富资源。

庞加莱研究所同时肩负多重使命：作为全国和国际性学术交流场所，研究所接纳课题研究项目，提供高水平博士阶段课程，承办数不胜数的学术会议和研讨班；研究所扮演着法国大学联合体的角色，也是法国数学界面向社会的代言人；在这里，多姿多彩的巴黎科研生活为数学提供了丰富的养分，在全世界堪称独一无二。庞加莱研究所行政委员会的部分委员在全国范围内投票产生，委员们代表着一众法国科研机构。其科研委员会则完全独立，由科研领域的领军人物组成。富有历史感的建筑、馆藏丰硕的图书馆、济济一堂的高水平外国科研人员、与科学各界和各个数学研究组织的密切联系 —— 庞加莱研究所具备的一切优势成就了它的璀璨光环。

—— 摘自庞加莱研究所简介（C. 维拉尼，2010 年 9 月）

17

孩子们从学校回来后，在草地上忙着搭建小屋，观察松鼠……在电话线的另一端，克莱蒙可没有这么悠闲自在。

"对估计进行分层能解决我以前提出过的一些问题……但仍然有很多问题解决不了！"

"不错，不管怎样，我们还是取得了进展啊。"

"我仔细研读了阿里纳克与热拉尔的书，这些估计中存在一个很大的问题：这里需要一些正则性的余裕，用来保证正则化项能够收敛于零，而且，正则化过程有可能破坏迭代格式的双指数阶收敛。"

"嗯，我没注意到这一点。你确定我们会损失牛顿迭代格式的收敛速度？好吧，我们一定能弄清楚。"

"还有，解析情况下的正则化常数太怪异了！"

"对，这些指数阶的常数确实让人头疼。不过，我们一定能克服困难，我很有信心。"

"还有，这些常数的发散速度太快，就连用牛顿迭代法给出的收敛也无法抵偿！因为我们需要通过将背景正则化来控制函数 b 造成的误差，它与时间相反，然而存在某个常数，这个常数应该能控制来自散射的范数……既然这些范数在迭代格式中递增，我们由此需要得

到对 λ 可和的损失！"

"没错，我知道，我们还不清楚怎么解决问题。但我有信心，一定能挺过去！"

"慢着，你真的仍然坚信咱们能通过正则化来克服这些困难？"

"当然啦，这不过是一些技术细节，总体上来讲，我们已经大踏步向前迈进了！我们理解了共振行为和等离子体回波，还理解了时间作弊原则（time cheating），得到了关于散射的精细估计，找到了适用的范数。我们差不多快要达到终点啦！"

这一天，克莱蒙准是把我看成一个病态的乐观主义者，一个到死都不肯放手的疯子，一个即使看不到出路，也仍会执着等待和期许的傻子。全新的僵局看来非常麻烦，但我依然对我们的计划坚信不疑。必须得说，在过去的三周里，我们有三次走进死胡同，但每次都成功地找到了出路。的确，那些我们认为已被攻克的难题经常会换种形式杀回来嘲笑我们一番……显然，非线性朗道阻尼是希腊神话中的那条"勒拿九头蛇"，砍下一个头，又会长出一个新的头来！但是这一天，我坚信一定能征服一切困难，没有什么能让我们停下。**我心已定，必将战无不胜。**[*]

❦❧

Date: Mon, 2 Feb 2009 12:40:04 +0100
Subject: Re: global-10
From: Clement Mouhot <cmouhot@ceremade.dauphine.fr>
To: Cedric Villani <Cedric.VILLANI@umpa.ens-lyon.fr>
我分批给你写些注释。

■ 对双转移（two shifts）范数，目前我还是有信心的。为了搞清楚我

---

[*] 法国诗人阿波利奈尔的诗句。——译者注

的估计能否把散射做到双转移范数框架下，我正在详细检验散射。

■ 第 5 节应该没问题了。它与正则性传递以及衰减性增益 (gain of decay) 结合得干净利落，的确是一个非常漂亮的结果！如果我没理解错，"衰减性增益"这部分的贡献其实是把转移上的"大"平移转移到其中某一个函数上（这就成了双转移范数的两个转移之间的平移），同时希望将该技巧用于由密度产生的场时不会带来麻烦。我说得对吗？

■ 关于第 6 节，大体想法和计算没有问题，但是 (1) 我恐怕不会将序列对 k 和 l 求和，因为在我看来，系数是不可和的（但这也无所谓）；(2) 为了能在定理 6.3 的假设中取到任意小的 ε，我觉得 c 必须也得小，接下来能核实这一点么？

其他注释我会马上发来⋯⋯

祝好，

克莱蒙

*

Date: Sun, 8 Feb 2009 23:48:32 -0500

From: Cedric Villani <Cedric.VILLANI@umpa.ens-lyon.fr>

To: Clement Mouhot <cmouhot@ceremade.dauphine.fr>

Subject: 新消息

两个好消息：

■ 我阅读了等离子体回波的论文，文中表明，回波现象产生的原因和第 6 节中出大问题的"共振"完全是一回事。其实，我原本更担心的是，他们使用了几乎一样的符号，用了一个 \tau⋯⋯这让我更加确信，第 6 节中的危险具有物理意义，总之，我们得搞清楚这个等离子体中的自洽回波会不会一点一点积累起来，最终破坏衰减。

■ 我想我找到了一个处理 \ell=0 的好方法，我把它作为一个"临时"
  部分放在第 5 节里（在定理 5.8 中 \sigma_0：我们像估计其他项那
  样来估计它，但是把所有项都保留下来，并利用以下事实：在大时
  间尺度上 \|\int f(t,x,v) dx \|=O(1)（或者 \|\int \nabla_v
  f(t,x,v) dx \| = O(1)）)。这并不是我们关于 f(t,x,v) 在滑动范
  数框架下的估计的推论，而是一个更强的估计。对于一个自由输运
  方程的解，\int f(t,x,v)dx 相对时间是守恒的，所以这就非常合
  理。当我们加入散射，这不再是 O(1)，而是 O(t-\tau) 或者其他类
  似结果。然后，该项应该能够被 t-\tau 的指数阶衰减抵消掉，我
  将这一指数阶衰减放在最新版的定理 5.8 中。

我在随信附加的版本中做了如下修改。

  * 在第 1 节和第 2 节中加入一些修正，以便将这些等离子体回
    波相关论文的内容考虑在内（我没太明白这究竟是个什么样
    的实验，也许数学家们都忽略了其重要性。就这点，我觉得我
    们已经远远领先于其他人）。

  * 在第 4 节末尾加入了一小节，详细解释了将要用到的时间范
    数。我在其中提到了空间平均正则化问题，结果与基斯林指出
    的材料内容吻合。

  * 在第 5 节中加入一些修正，目的是把对 \ell=0 的处理考虑
    在内。

  * 在参考文献中加了一篇有关等离子体实验的论文。

一个重要结果是，在第 8 节中，不仅应该把滑动正则性推广到 f 上，
而且应该把（对于 t）一致的（关于 v 的）正则性推广到 \int f dx。
我对第 7 节未作任何改动，但你应该知道，我在名为"改进"的 7.4
小节中所写的内容已经作废，因为我在写这部分的时候还没有注意到
我们应该考虑(\lambda \tau + \mu) - (\lambda' \tau' + \mu')，或

者类似的项。

第 8 节我也没动。但这一节里也有很多内容应当过时作废，都是我以前写的关于 f_\tau "0 形式"。

你那边有什么新消息? 现在一切都取决于第 7 节。

祝好,

塞德里克

*

Date: Sat, 14 Feb 2009 17:35:28 +0100

Subject: Re: global-18 最终版

From: Clement Mouhot <cmouhot@ceremade.dauphine.fr>

To: Cedric Villani <Cedric.VILLANI@umpa.ens-lyon.fr>

这是第 19 版。在这一版中，我已在一个和双转移的混合范数框架下完整地表述了有关散射的定理 7.1 和 7.3。表面看来，第 4 节的双转移复合定理足以保证接下来的证明 (好惊险!)。这貌似是在原地踏步，但你还是需要再好好验证一下，双转移的版本依然惨不忍睹。我还没有计算索伯列夫修正项的积分，但应该不会出问题。除此之外，我已经修正了一个结果 (包含在一个转移的定理中)：现在，指标项与振幅项的损失估计不仅一致，而且在 $\tau \to +\infty$ 时趋于零，正如第 8 节所需的那样。这些损失在 $(t-\tau)$ 很小的时候处于 $O(t-\tau)$ 量级大小。我提议，明天由我来加入索伯列夫修正项，并依据第 7 节内容来完成第 8 节。

祝好,

克莱蒙

*

```
Date: Fri, 20 Feb 2009 18:05:36 +0100
Subject: Re: 进行中的第 20 版
From: Clement Mouhot <clement.mouhot@ceremade.dauphine.fr>
To: Cedric Villani <Cedric.VILLANI@umpa.ens-lyon.fr>
```

这是正在进行中的第 20 版，定理被完整地表述为两部分。现在有一个关于定理 5.9 的根本性问题：在这些结果中，b 在纳什－莫泽迭代格式中不可能收敛于零（如定理 5.9 要求的那样），因为这项本用来修正源自散射自身出现的一个误差，而该误差与场有关，所以不收敛于零……我正在审阅定理 5.9 的细节。

祝好，

克莱蒙

18

今天，研究所里如同过节一般热闹 —— 一场几何偏微分方程学术会议在这里拉开帷幕。会议组织者邀请了很多重量级人物，所有受邀作报告的人都欣然来到普林斯顿发表演讲。

我跑到报告厅的最后一排，站在一张临时办公桌后。我硬是从研究所终身教授之一彼得·萨纳克手里抢来了这最好的位置。在这里，我可以确保自己处于清醒状态，还能把草稿摊在桌子上。坐在前排的人更容易被睡意侵扰，而且不得不用一小块板子充当桌子。

在听报告的过程中，我穿着袜子在地上蹀来蹀去。反正我在最后一排，正是没人看见的好机会。这非常有利于寻找灵感。

在中间休息时，我仍旧只穿着袜子匆匆赶回了楼上的办公室，给克莱蒙打电话。

"克莱蒙，你看到我昨天发的邮件了吗？里面有新的版本。"

"你通过先写出特征线公式而得到的格式？是啊，我看到了，我已经开始写这部分计算了，但我看有些怪异。"

显然，"怪异"这个词不停地出现在我们的对话之中⋯⋯

"我觉得会出现一些收敛性的困难，"克莱蒙接着说，"恐怕牛顿迭代格式和线性化误差项也会出毛病。此外，这里还有另一个更具技术性的问题：在所有情况下，迭代前一步的散射可并不小啊！"

我那闪耀着"智慧光芒"的想法竟然没有说服他，实在令人气恼。

"好，到时候再看看。如果行不通，那就算了吧，我们再回到现在这个格式。"

"反正，这太让人沮丧了，我们已经写了上百页的证明，却怎么也做不出来！你确信我们能成功吗？"

"耐心点，耐心点，我们就快要胜利了……"

楼下，中间休息已经结束，我匆忙从办公室赶回会议现场，继续听报告。

⌘⌘⌘⌘⌘

偏微分方程刻画了某些量对不同参数的变化率之间的关系。这是数学学科中最丰富多彩、充满活力的领域之一，任何尝试统一处理这些方程的努力都没有成功。偏微分方程出现在连续介质物理学领域的各种现象中，涉及气体、流体、固体、等离子体各个物态；同时，也出现在所有物理学理论之中，包括经典物理学、相对论、量子物理学等。

很多几何问题背后也有偏微分方程的身影，我们就来说说几何偏微分方程。这些方程允许几何对象按照一定规则变形。在该领域中，我们将分析的思维方式应用于几何问题 —— 在整个 20 世纪，跨学科研究越来越常见了。

2009 年 2 月，在普林斯顿召开了一场研讨会，涉及了三个方面的专题：共形几何（改变距离而保持角度不变的几何变换）、最优输运（研究如何以最小能量代价将物质由一个给定的初态运送到另一个给定的终态）、自由边界问题（研究一种物质的两种物态的分界面，或者两种物质的分界面）。这三个主题跨越了几何、分析以及物理之间的界限。

50 年代，当约翰·纳什正饱尝精神疾病的折磨时，他却找到了几何学和分析学之间的平衡。他发现，几何学中抽象的等距嵌入问题可以通过偏微分方程中一个精细的"去壳"（décorticage）技术加以解决。

　　几年之前，为了解决庞加莱猜想，佩雷尔曼采用了一个被称为"里奇流"的几何偏微分方程，此方程由理查德·汉密尔顿发明。这一针对标志性几何问题的分析解答再次扰乱了学科间的平衡，激起了一波史无前例的几何偏微分方程热潮。时隔 50 年，佩雷尔曼引爆的这颗雷正是对纳什当年点燃的那枚理论炸弹的回应。

19

我满腹狐疑地反复阅读着刚刚呈现在电脑屏幕上的信息。

克莱蒙有了一个新计划？他不愿意再做正则化了？他不想再补救隐藏在时间迁移之中的正则化损失了？

他从哪想出这些点子的？几个月以来，我们满脑子想的都是如何让一个带有正则化的牛顿迭代格式运转起来，正如在纳什－莫泽迭代中那样。而现在克莱蒙却告诉我，应该采用一个不含正则化的牛顿迭代格式？！并且，他还说应当沿着轨线做估计，同时顾及初始时间和终末时间，也就是说，要带上**两个不同时间**？

无论如何，干嘛不试一试呢？话说回来，塞德里克，要小心了，后生可畏啊，你已经快要被超越了！

是啊，这是不可避免的，年轻一代最终要超过我们……但是，这一天已经到来了吗？

先把哀叹暂时收起来，当务之急是试着理解克莱蒙想要说什么。总之，这个估计要表达什么？为什么他提出要保留初始时间的状态？

归根结底，在这个课题中，我和克莱蒙都为研究计划做出了贡献：我贡献了范数、偏转估计（deflection estimation）、大时间尺度衰减性和回波；而他贡献了时间作弊、对误差的分层、双时刻估计和无正则化方法。之后，我们又提出了滑动范数 —— 这个想法是一次协作的结晶，我们也分不清是谁的主意 …… 当然，这还不算很多小技巧。

回想一下，这种合作方式很好。计划进行到中期时，我们出现了分歧：在这一两个月里，两个人都只盯着自己的想法，对对方的声音充耳不闻，但现在，我们发现必须把双方的观点结合起来。

无论如何，如果克莱蒙是对的，我们就能成功翻越最后一个概念上的艰难险阻了。3 月 1 日星期日，我们的工作迈入一个新阶段，更加繁琐，但更有把握。全盘计划已摆在眼前，所有方向已勘查完毕。现在要做的是巩固、加强、验证、验证、再验证 …… 是开动全部分析火力的时候了！

很久以后，克莱蒙对我坦言，在那个周末，他曾决定放弃所有工作。周六早上，他已经开始写一封信，准备告诉我这个坏消息："一切希望都破灭了，挡在我们面前的技术障碍无法逾越 …… 看不到任何线索 …… 我放弃了。"但是他推迟了发信时间，希望找一些说辞说服我、安慰我，所以他把这封邮件暂时保存。当晚，克莱蒙重新开始编写邮件，拿起一张纸和一支铅笔整理那些没有结果的线索。突然，他惊愕地发现一条正确的策略展现在眼前。焦躁不安地勉强睡了几个小时之后，翌日，克莱蒙早上六点钟就从床上跳起来，重写一切来理清那个关键想法。正是这一想法将我们拉回到正确的道路上。

这一天，我们已经走到放弃研究计划的悬崖边。如果半途而废，几个月的工作就白费了 —— 最好也要被冻结起来，最坏甚至要被付之一炬。

然而，在大西洋的另一边，我从没意识到我们曾这样躲过一场灾难，我见到的都是克莱蒙在信中洋溢的激情。

明天轮到我照顾孩子们，暴风雪来袭，学校明天停课。但从翌日起，一项大工程就要启动了，我们必须全力以赴。我将邀请朗道走进生活的每个角落，在树林里、在海滩上、在床上 …… 这将是他的节日。

2009 年 2 月，我和克莱蒙相互往来了上百封邮件，3 月，我们的邮件交流超过两百封。

∽∾∽∾∽

Date: Sun, 1 Mar 2009 19:28:25 +0100

Subject: Re: global-27

From: Clement Mouhot <cmouhot@ceremade.dauphine.fr>

To: Cedric Villani <Cedric.VILLANI@umpa.ens-lyon.fr>

也许有希望找到另一条线索：不要正则化，而是试着沿迭代的上一步特征线传播转移范数。我们在迭代的每一步都要用到这个范数。所以在第 n 步，可以按顺序做以下估计（我就不每次都写出对 lambda 与 mu 可和的损失）：

1）带有指标 lambda t + mu 的密度 \rho_n 的 F 范数

2）带有指标 lambda,mu 与 t 的分布 h_n 的 Z 范数

3）带有指标 lambda 的空间平均 <h_n> 的 C 范数

4）在 tau 时刻且沿着 n-1 阶的（完备）特征线 S_{t,tau}，带有一个以 -bt/(1+b) 为转移的 Z 范数

为了得到关于 H_tau 的方程，我们对 tau 求导，其中 H_tau 定义为：H_tau :=h^n_tau \circ S_{t,tau}^{n-1}

得到类似以下的方程（这里我可能忽略了一些负号）

\partial_tau H = (F[h^n] \cdot \nabla f^{n-1})

\circ S_{t,tau} ^{n-1} + (F[h^{n-1}]\cdot \nabla h^{n-1})

\circ S_{t,tau} ^{n-1}.

所以大体上来说，这个方程中不再含有任何场，我们把所有右端项都作为外力源处理，同时使用第 1) 点提供的密度界。我们估计带有转移

b 的 Z 范数：对密度，我们要处理这个受转移影响的特征线所带来的误差（因为此范数被投影在 x 上），而对于其他项，我们依前例援引归纳假设，便能估计已出现在格式中的范数。

5）现在，需要找到一个关于 f^n \circ S_{t,tau}^n 的上界（转移范数，带有恰好 n 阶特征线），方法是使用归纳假设提供的 f^{n-1} \circ S_{t,tau}^{n-1} 的（转移范数）上界。由于以上第 4）点，我们可以进一步得到一个 f^n \circ S_{t,tau}^{n-1} 的上界。注意，排除一些当 n 趋于无穷时对 n 可和的损失，我们可以通过 f^n \circ S_{t,tau}^{n-1}（第 n-1 步的特征线）来估计 f^n \circ S_{t,tau}^n（第 n 步特征线）。

大体想法如下：

■ 对密度的估计，我们别无他法，必须通过特征线以及前一步分布函数的转移范数（带有一个 1 阶大小的转移），并沿着前一步的特征线；

■ 一旦得到特征线的界，就可以沿着特征线做估计并使用转移范数，因为投影到密度之后，这两个效应会相互抵销。

然而，在我刚才所说的这套方法中，有一点暂时没有处理，那就是背景对于 v 的梯度，它不能与特征线复合进行交换。但我们可以期望比如 (\nabla_v f^{n-1})\circ S_{t,tau}^{n-1} 的转移范数可以被一个常数倍的 \nabla_v (f^{n-1}\circ S_{t,tau}^{n-1}) 的转移范数控制……

如果方便的话，我们可以在电话里讨论，我还会在家里待一小时。我觉得这一方法与你那个彻底区别对待两步，且仅仅在第二步沿特征线证明的框架是彼此兼容的。

祝好，

克莱蒙

*

Date: Mon, 2 Mar 2009 12:34:51 +0100
Subject: 第 29 版
From: Clement Mouhot <clement.mouhot@ceremade.dauphine.fr>
To: Cedric Villani <Cedric.VILLANI@umpa.ens-lyon.fr>

这是第 29 版，我认真尝试写出昨天告诉你的那个策略：我彻底重写了第 9 节的线性稳定性部分，以及牛顿迭代格式部分的 11.5 与 11.6 小节，其中关于收敛性分析我仅写了个大概框架。除非犯了重大错误，我觉得我们已经达到目的了！

克莱蒙

20

普林斯顿，2009 年 3 月 11 日

我从餐厅饱餐而归，刚刚经历一场非常愉快的谈话，大家不仅讨论了数学，也聊了不少八卦。

今天，彼得·萨纳克坐在我对面。当初，我将他推荐给保罗·寇恩，后者成了彼得的导师。寇恩曾经证明了连续统假设的不可判定性，之后又转向其他数学领域。当年，为了追随这位导师，为了从事无比热爱的科研工作，年轻的彼得离开了自己的祖国南非。彼得凭借自己出了名的激情，唤起寇恩对解决无中生有（ex nihilo）问题的兴趣，而且完全不借助他人已有的成果。

彼得·萨纳克（1953—　）

"寇恩认为数学不是以渐进方式发展的！"

"渐进发展？"

"对，他认为数学总会突发式前进。你、我和其他人，我们主要通过改进他人的工作来取得进展，但寇恩不是这样！绝对不要跟他讲改进之类的话，一定会碰壁。他只相信革命性工作。"

跟彼得在一起永远是一件快乐的事。桌边还坐着我相邻办公室的

伊曼纽尔·米尔曼。这位年轻的以色列数学家是凸几何领域一颗冉冉升起的新星。伊曼纽尔的父亲、祖父和伯父都是数学家。他刚刚当上爸爸，他的孩子也会成为一位数学家吗？伊曼纽尔在展望自己的数学研究前景时和他谈起自己刚出生的儿子时所流露出的热情别无二致。

伊曼纽尔旁边坐着塞尔久·克莱奈曼，他在 70 年代离开罗马尼亚，与非凡的希腊数学家季米特里奥斯·赫里斯托祖卢合著了一篇长达 500 页的证明，解决了广义相对论中一个基本问题，从此跻身世界著名数学家之列。我很喜欢同塞尔久讨论数学、政治和生态环境问题，以及一切能引发我们不同观点的话题。

乔尔·莱博维奇（1930—　　）

圆桌谈话如此生气勃勃，都要归功于乔尔·莱博维奇。尽管已是 80 岁高龄，乔尔依然精力充沛。乔尔对一切都充满兴趣，都想了解一二。如果我们谈到他偏爱的统计物理学，他就会变得滔滔不绝。

我趁着乔尔在场的机会，烦他向伊曼纽尔解释硬球气体的相变问题。50 年来，这个貌似简单的基本问题一直挑战着统计物理学界的想象力。

毕竟，如今都到了 2009 年，人们还是无法破解相变的秘密，这实在令人难以接受：液体为什么会在加热后变成气体，冷却后又会变成固体？没准年轻的伊曼纽尔会想出一个新主意……

午休过后，所有悬而未决的困扰又回到了我的脑子里。庞加莱研究所方面仍有行政问题有待解决，而我又想在兼任研究所所长一职的同时，保留自己在里昂的职位。在里昂高等师范学院数学教研所，我的同事艾丽丝·吉奥内站在我这边、替我说话，但一切都那么复杂……我还要准备一连串的讨论班。还有朗道阻尼，一直都没办法处理！在过去的十天里，克莱蒙和我已经为论文改写了十个版本，最后一个版本号是 36，共有 130 页。很多错误都被找出并予以改正，还加入了一个有教益的反例。我在里昂的同事弗朗西斯·菲尔伯特通过计算机为我们绘制出一张非常精美的朗道阻尼模拟图。但还有一堆事情要做！我在心中默默理清以下内容：**应该对特征线的估计再精加工一番，把极大模放进范数内，还需留意库伦相互作用（真见鬼！），大范围地加入索伯列夫正则性的一个修正指标（七指标，太悲惨了！），在牛顿迭代格式中保留指数上的分层，让不可思议的递归运转起来……**

但是，不知疲倦的乔尔把我拖去与另一位法国同事进行学术会面，这让我感到无比绝望。我有堆积如山的事情，需要集中精神处理。我已经连续好几天工作到凌晨两点了……到了下午，我变得昏昏沉沉，无法组织思想。我又不能拒绝乔尔。但随着会面时间不断拉长，我实在撑不住了，顺口编了一个谎，说要去学校接孩子，不得不提前离开（其实这一天是妈妈负责接孩子）。等两位同事去别的房间继续工作后，我偷偷溜回到自己的办公室，直接倒在地上睡着了。让我疲惫不堪的大脑去慢慢整理思路吧。

很快，我就醒来，继续工作。

❧

保罗·寇恩是一个雄心勃勃的年轻人，他是纳什在普林斯顿的竞争对手，也是 20 世纪最富创造力的学者之一。他最辉煌的业绩是解决了连续统假设，或被称为中间基数问题。这一谜题是希尔伯特于 1900 年提出的 23 个指向性问题中的一个，在当年被誉为最重要的数学问题之一。理所当然，寇恩因成功破解连续统假设谜题而荣膺 1966 年菲尔茨奖。

为了解释连续统假设，我们需要回顾一些必要的概念。整数（1, 2, 3, 4…）显然有无穷多个。分数（$1/2, 3/5, 4/27, 53417843/14366532$…）也有无穷多个。分数看上去比整数多，但这仅是一个假象：我们可以把分数一个一个地列举出来，比如：

$$1, 1/2, 2/1(=2), 1/3, 3, 1/4, 2/3, 3/2, 4, 1/5, 5, 1/6, 2/5, 3/4, 4/3, 5/2, 6, \cdots$$

并照此排列下去，在排列过程中，把分子与分母的和一点一点加大，正如伊瓦尔·埃克兰在他那篇趣味短篇小说《数字世界的猫》（*Cat in Numberland*）中解释的那样。所以分数并不比整数多，二者的数量正好相同。

但是，如果我们转而看看实数，也就是所有可以写成十进制的无限小数（这也是分数的极限），康托尔提出一个神奇的方法证明实数的数量比整数要大得多，不可能把实数一一列举出来。

因此，我们能找到无穷多的整数，以及数量更庞大、无穷多的实数。那么，在这两个无穷大量之间是否还存在着一个无穷大量，比整数的数量大且比实数的数量小？

几代逻辑学家为此耗尽毕生心血，一些人想要证明它存在，另一些人想要证明它不存在。

保罗·寇恩并不是逻辑学家，但他相信自己的头脑。于是，他在某一天开始研究这个问题，并得出一个令世人咋舌的结果：这一无穷大量既存在，也不存在。世上既有存在含有中间无穷大的数学体系，也有不存在中间无穷大的数学体系。如果大家愿意接受的话，两个体系都正确。至于哪个数学体系更贴近自然，这依然是很多集合论专家正在探讨的问题。

*

乔尔·莱博维奇是统计物理学界的泰斗。统计物理学旨在研究由大量粒子组成的系统的性质。气体由大约 1×10^{18} 个分子组成的，生物种群由数以百万计的个体组成，星系由大约数以千亿计的恒星组成，晶格由 1×10^{18} 数量级的原子组成 …… 庞大的数量，就是统计物理学要解决的难题！近六十年来，乔尔将取之不尽的精力奉献给自己无比热爱的统计物理学，孜孜不倦地与数学界和物理学界的同事们并肩奋斗。在长达半个多世纪的时间里，乔尔坚持每年组织两次系列研讨会。在仍然坚守科研工作的学者所组织的研讨会中，这恐怕是历史最长、成果最丰富的系列学术会议。

年逾八旬的乔尔生于捷克斯洛伐克，一生充满传奇，既有美好的过往，也有可怕的回忆。他的前臂上纹着一串数字，对此他只字不提。在所有场合中，乔尔总是第一个打开话匣子、开始大吃大喝的人，当然，也总是第一个开始谈论统计物理学的人，而且总是声情并茂、眉飞色舞。一位同事曾经笑着说，可以用"毫乔尔"，也就是千分之一个"乔尔"做单位来度量一个人的精力 —— 乔尔拿出千分之一的精力就足够大家用了。仔细想想，我们或许应该用"皮乔"（即 10^{-12}）来做精力单位。

❧❧❧

Date: Mon, 9 Mar 2009 21:42:10 -0500
From: Francis FILBET <filbet@math.univ-lyon1.fr>
To: Cedric Villani <Cedric.VILLANI@umpa.ens-lyon.fr>
Cc: Clement Mouhot <cmouhot@ceremade.dauphine.fr>

你好！
这就是本周末的工作成果。只是一些小视频，没什么特别之处，跟大导演德普林钦的作品没法比。视频展示了荷电粒子的数值模拟部分。

http://math.univ-lyon1.fr/~filbet/publication.html

这是等离子体的情况。我还没有改变符号来模拟引力的情况。但我对你所说的情况感到很惊讶。我觉得需要透过一个中性化背景来观察一个周期性位势，如$\int_0^L E(t,x)dx=0$并且带有周期性极限条件。
弗朗西斯

*

Date: Mon, 9 Mar 2009 22:11:10 -0500

From: Cedric VILLANI <Cedric.VILLANI@umpa.ens-lyon.fr>

To: Francis FILBET <filbet@math.univ-lyon1.fr>

Cc: Cedric Villani <Cedric.VILLANI@umpa.ens-lyon.fr>,

Clement Mouhot <cmouhot@ceremade.dauphine.fr>

图片真美！能见到"抽象"世界里诞生的方程显现出"真实"效果，实在太令人激动了……
塞德里克

$$\begin{array}{c} \mathbf{21} \end{array}$$

普林斯顿，2009 年 3 月 13 日

我关上孩子们房间的门，女儿还在床上回想着高飞狗，格格地发笑。高飞狗是今天幻想故事里的英雄。睡吧，小小的梦想，明天又是崭新的一天。

克莱尔也躺在床上，抓紧最后时间复习日语。明天一早，她将与她的地质学家同事们出发去考察。这是上天恩赐给我的工作时间。我泡好茶，摊开草稿。还有一个技术难关挡在面前，我和克莱蒙正在一点一点地攻克它。

我们正在撰写最长的一段证明，位于第 9 节。对零阶模式的控制令人心烦，虽然我很有把握，但它一定会让工作变得更加繁重。而且，我得在十天之内把结果展示出来！短短十天，要把一切都搞定。

❦❦❦

Date: Fri, 13 Mar 2009 21:18:58 -0500

From: Cedric Villani <Cedric.VILLANI@umpa.ens-lyon.fr>

To: Clement Mouhot <cmouhot@ceremade.dauphine.fr>

Subject: 38 !

附上第 38 版。改动如下：

■ 两三处排版问题已经更正，如有必要，你可以参看前后不同之处。

■ 除了几个公式之外，第 9 节已经完备。现在应该振作起来，把计算进行到底！所有要素都已凑齐，最终结果近在眼前，看着就让人舒心。本章节的结构要由全文结构决定（特别是要把特征线部分放在一开始）。再把内容过几遍，这一节就能成型了，而且还能为将来选择常数做好准备 —— 你好，计算！

■ 我删掉了以前所有的注释，尤其是跟正则化有关的。

■ 还有两个关于空间平均的窟窿要填补！

  * 第一个窟窿是关于对 $< \nabla h^k \circ \Om^n >$ 的估计分层的必要性（9.4 节）。这非常微妙，正如我在文中解释的那样，不能指望递归或正则性，因为 $\Om^n$ 非常不正则。在我看来，唯一的可行方案是利用特征线的额外索伯列夫正则性，这个正则性对 n 是一致的。注意，我们需要的是关于速度 v 的正则性，不出意外的话，应该没问题。外力的索伯列夫正则性可以保证所有变量的正则性。此处恰好需要一个导数，这表明库伦作用在此也是关键……

  * 第二个窟窿是第 6 节的估计中对零阶模式的处理，现在还无法处理（现有常数太大了，无法验证稳定性准则）。我觉得很有希望，考虑采用之前一个关于对散射换元的想法以及对特征线的直接估计。以前做这些尝试的时候，我对量级没什么概念，当时也没有分层，总之，从前的工具真是少得可怜。

我建议这样分配接下来的工作：首先，你来把第 9 节做完，可以暂时不管上面提到的两个窟窿；之后再来做第一个窟窿。期间，我来处理第二个窟窿。目前看来，未来几天我应该不会再修改文档。

对于库伦情况，我们以后再说，补窟窿最要紧……

接下来这周对我来说有点艰难，我得一个人照看孩子，而且，教研所还会请我过去几次。不过，这应该是最后的冲刺了。

祝好，

塞德里克

22

普林斯顿，2009 年 3 月 15 日至 16 日凌晨

我坐在地毯上，被潦草的草稿包围，极度兴奋地在纸上和电脑上撰写论文。

张圣容（1948—　）

今天是周日，我刻意避免在白天做数学。早上，我把孩子们带到张圣容家吃早午餐，在那里见到了很多伟大的数学家。张圣容是普林斯顿大学教授，几年前在国际数学家大会全会上作过报告。她是几何分析学领域的专家，正是她邀请我来高等研究院，参加这一年由她组织的研究项目。

席间，我们讨论了很多话题，譬如著名的上海世界大学学术排名，法国政界和媒体对此大加追捧。我同张圣容探讨这个话题的时候，猜想她会有什么反应。张圣容既是世界顶尖级数学科系的教授，又是华裔。她会不会为这个颇具分量的中国排行榜而感到骄傲和自豪呢？但她的反应却让我吓了一跳：

"塞德里克，上海排名是什么啊？"

当我向她解释这个排名的时候，她拿一种望着精神病人的眼神看着我。塞德里克，我真不明白，为什么**法国**大学会把跻身**外国**排行榜看作至高荣誉？瞧瞧！你不觉得把二者角色弄颠倒了吗？我真希望把张圣容介绍给那些法国政治家们。

直到深夜，等孩子们睡下之后，我才开始工作。一切都严丝合缝地串在一起，就像变魔术，这简直就是个奇迹！我激动万分地写了最后六七页，我确信，证明将在这几页内完成。至少，比库伦相互作用具有更高正则性的相互作用问题会被彻底解决。其中虽有数不清的陷阱，但看上去都可以跨越。

凌晨两点半，我打算去睡觉，可是大脑却异常兴奋，好长时间都睡不着，眼睛一直瞪得大大的。

三点半，我终于睡着了。

四点钟，儿子把我叫醒，他尿床了。几年以来都没出过这样的事情，偏偏一定要在今夜 ⋯⋯

这就是生活，来吧，我爬起来收拾床单，哄孩子们重新入睡。

有时候，一切都像商量好了似的，就是不让你睡觉。不过无所谓！

⁓◦⦊⦉◦⁓

每一位名副其实的数学家都经历过 ── 即便仅是偶尔，在清醒而兴奋的状态下，灵感会奇迹般一个接一个地冒出来 ⋯⋯ 不同于性快感，这种感觉可以持续几小时，甚至几天。

── 安德烈·韦伊

23

普林斯顿，2009 年 3 月 22 日

最终，我的解法还是错的，还需要大约一周时间来攻克难题。证明绝大部分依然有效，但可恨的零阶模式仍在嘲笑着我们的无能……然而，目标已近在眼前！

在台湾，克莱蒙开始公开介绍我们的工作。他逐步领会我的想法，将其与他自己的想法结合，用他的酱料一起烹煮；之后，我又按照我的方式再次整合。

现在，论文与第一稿比起来简化了许多，证明也开始奏效！在整整一年中，我们日复一日地在研究这个证明，如今，它终于真的有望成型了！这一刻终于到来：我将在普林斯顿公布结果，就在两天之后……

Date: Sun, 22 Mar 2009 12:04:36 +0800
Subject: Re: 精雕细琢
From: Clement Mouhot <clement.mouhot@ceremade.dauphine.fr>
To: Cedric Villani <Cedric.VILLANI@umpa.ens-lyon.fr>

我搞懂了你脑子里想的空间平均了！而且，我觉得应该把它和咱们在电话里讲的想法结合起来（实际上这两者是互补的），以下是计划。

(1) 我认为你构思的算法正是在第 6 节开头从第 65 页到第 66 页的计算，即通过使用背景的最佳分层正则性进行计算：在这种情况下（无散射），其实可以"无需任何代价地"使用背景的正则性余裕来得到增长性（与外力场的正则性无关）。

(2) 所以，应该回归到我在电话里跟你谈到的方法来处理这一情况。我们谈到的"余项"并不是零，必须用第 (1) 点的方法去分析。

a. 我们用 $F[h^{n+1}] \circ S^0_{\tau,t}$ 取代 $F[h^{n+1}] \circ\Omega^n_{t,\tau} \circ S^0_{\tau,t}$，由于 $\Omega^n - Id$ 的估计，余项有一个随时间衰减的界。

>> 所以只剩以下积分需要处理：

$$\int_0^t \int_v F[h^{n+1}] \cdot < ((\nabla_v f^n) \circ \Omega^n) > (x-v(t-\tau),v) \, d\tau \, dv$$

b. 然后我们使用变量代换，在 $\nabla_v f^n$ 中（对于在 1 到 n 之间任意的 k）以 Ω^k 取代 Ω^n：这样我们就没有关于 Λ 映射的问题了，因为现在不再有 $\Omega^n X$ 与 $(\Omega^n)^{-1} \Omega^k$ 的复合，而是仅仅有 $(\Omega^n)^{-1} \Omega^k$，这一项我们已经有估计了。

c. 同样，我们可以摆脱映射 $(\Omega^n)^{-1} \Omega^k$ 的困扰。我们曾用第 a 点中的同一方法把这个映射推迟到了 $F[h^{n+1}]$ 项中，这项将会产生一个新的好余项，随时间迅速衰减。

>> 因此只剩下：

$$\sum_{k=1}^n \int_0^t \int_v F[h^{n+1}] \cdot < ((\nabla_v h^k) \circ \Omega^k) (x-v(t-\tau),v)> \, d\tau \, dv$$

d. 现在，我们只需将 v 的梯度与散射复合进行交换。

< (\nabla_v f^n) \circ \Omega^k > = \nabla_v (< f^n
\circ \Omega^k >)

+ 对 \tau 衰减更快的余项。

>> 最后只剩下：

\sum_{k=1}^n \int_0^t \int_v F[h^{n+1}](x-v(t-\tau),v)

\, \nabla_v U_k (v) \, d\tau \, dv

U_k(v) 是正则性为 \lambda_k, \mu_k 的函数。

e. 最后，在此条件下，我们对每一个 k 使用第 (1) 项中第 65 页至第
66 页的计算，应该能得到一个一致的分层估计。

告诉我你怎么想，是否对计算有同样的看法 ……

祝好，

克莱蒙

24

这是我在普林斯顿的第一次报告。站在有着不同学科背景的同事面前，尤其还要面对为人亲切却难以对付的艾略特·利布。

此时此刻，克莱蒙正在中国台北，也做了一个关于我们研究结果的报告。12 小时的时差对提高工作效率极其有效！我们在地理上也划分了工作范围：他在亚洲，我在美洲，二人分头传播结果。

这次我们一定能成功。与上回在罗格斯大学那次毫无底气的报告完全不同，今天，我对证明至少有九成把握，主要必备材料都已在手。我信心十足，随时准备回应各种质疑，并解释证明。

报告引发了小小的轰动，但艾略特却没有接受周期极限条件的假设，他认为这种假设太反常。

"如果在全空间内不成立，这就没有意义！"

"艾略特，在全空间的情况下有反例，我们必须加入极限条件！"

"没错，但结果不应该依赖于极限条件，否则，这就不是物理学！"

"艾略特，朗道自己就加上了极限条件，而且他还证明了结果极度依赖这些极限，你总不能说朗道不是物理学家吧？"

"可这没有任何意义呀！"

这天，艾略特怒气冲冲地据理力争。普林斯顿等离子体研究所的

物理学家格雷格·哈米特也不能接受我关于等离子体稳定性的条件，他认为这个条件太强，无法实现。我原本期望得到一片欢呼与掌声，却失败了！

艾略特·利布是当今数学和物理学界最著名、也是最令人生畏的学者之一。他是普林斯顿大学教研所成员，在数学和物理学两方面都是高手。他将职业生涯的一部分贡献给对物质稳定性的研究：是什么让原子们自发组织起来，而不是静静地彼此远离？为什么我们会联成一个整体存在，而不是溶解在宇宙中？弗里曼·戴森，

艾略特·利布（1932— ）

20 世纪物理学界的标志性人物，现任高等研究院的荣誉教授，正是他以数学形式提出了这个问题，并展开了初步探索。此后，戴森把这一病毒般的问题传给了下一代学者，其中就有艾略特。

艾略特完全沉浸在这个问题里，尝试在物理学和分析学中寻求破解之道，并以能量计算的方法开展研究。他召集了学派各异的大批研究者跟他一起工作。在此期间，艾略特取得了蔚为壮观的证明成果，这些闪耀金光的伟大成就改变了数学分析的面貌。对艾略特来说，一切都不如一个有助于理解问题的不等式来得重要。不等式可以描述方程中的某一项、某一外力或某一实体可以被另一项、另一外力或另一实

体控制。艾略特对某些著名的不等式进行了深入改进：哈代－李特尔伍德－索伯列夫不等式、杨不等式、豪斯多夫－杨不等式。他的名字也铭刻在一些基本不等式中，比如利布－蒂林不等式和布拉斯堪普－利布不等式。如今，全世界的学者都在使用这些不等式。

　　年近 80 岁高龄，艾略特依然精神矍铄。无可挑剔的外表反映出追求完美的生活习惯，尖锐的提问让所有人心生敬畏。每当他谈及日本、不等式或精美厨艺的时候，他就会满脸放光。在日本，打造美食如同数学分析般精致。

❧ 25 ❧

4 月 1 日，愚人节！今天全家一起观看了一集动画片《凡尔赛玫瑰》。玛丽·安托瓦内特王后、阿克塞尔·德·费尔森以及奥斯卡·德·杰尔吉陷入一场深不见底的感情漩涡中，与此同时，法国大革命已成山雨欲来之势。

晚上睡觉前，我们一起在网上听了格里布耶的歌曲《水手与玫瑰》。多么美妙啊！有互联网真好！在过去的一周中，我作了一系列的报告，让自己更加深刻地理解了朗道阻尼。

我的第一次报告曾把艾略特激怒，但当他从愤怒中平静下来之后，立刻针对周期性库伦相互作用模型的概念困难给我提出了一些有益的评注。

在第二次报告会上，我公布了证明中物理学方面的主要想法。艾略特非常赞赏这种数学与物理学的结合，对此表现出了善意和兴趣。

在作第三次报告时，我找到了方法回应哈米特的质疑，这样就可以给出关于稳定性与扰动尺度几乎最佳的条件。

尽管我展示的都是最新结果，并不成熟，但这种策略让我受益匪浅：扑面而来的质疑催促我奋力前进！事实再一次证明，想要变得更强，就必须把自己置于逆境之中。

另外，我最终理解了这与 KAM 理论的联系！

正是凭借发现了隐藏在不同数学分支背后的联系，我才成就了自己今天在数学界的地位。这些联系是如此珍贵！它们驱散了横亘在两个相关领域之间的迷雾。就像乒乓球比赛一样，双方你来我往，一个领域的发现会推动另一个领域的进展，反之亦然。

24 岁那年，我与意大利数学家朱塞佩·托斯卡尼合作得出了我人生中第一个重要结果：玻尔兹曼方程的熵增、福克 – 普朗克方程以及等离子体熵增之间的联系。

一年半之后，我同来自德国的菲利克斯·奥托共同发现了隐藏在对数索伯列夫不等式与塔拉格兰集中不等式背后的联系。自此之后，又有另外两个证明被提出 …… 正是这项工作开启了我在最优输运领域的冒险旅程。也是拜这个成果所赐，我应邀前往亚特兰大讲授一门面向科研工作者的课程，最终促成我写出了第一本书。

在我博士论文答辩时，伊夫·迈耶曾跟我说过：“**您的博士论文里有一些神奇的关系和恒等式！若是在 20 年前，人们或许对这项工作不以为意，因为那时没人相信奇迹！**”但是我，我相信奇迹，而且将探索出更多的奇迹。

我的博士论文成果得益于 4 位精神导师：我的博士导师皮埃尔 – 路易·利翁、我的学习指导扬·布勒尼耶，还有埃里克·卡伦以及米歇尔·勒杜 —— 我曾大量阅读后两位学者的论著，借此打开了通向不等式世界的大门。我统合了 4 位导师对我的学术影响，并加入一些新元素，最终形成了自己的数学风格。此后，这个风格一直跟随我，随着一次次因缘际会而不断演化。

完成博士答辩 3 年后，我同忠诚的合作者洛朗·德维莱特一起发现了弹性理论中的科恩不等式与玻尔兹曼理论中熵增的联系。这是一个令人难以置信的关联。

我顺势发展了亚强制性（hypocoercivity）理论，这个理论建立在关于退化耗散型偏微分方程的正则化问题与收敛于平衡态问题的一个全新类比之上。

随后，我同达里奥·科尔德罗－艾劳斯甘和布鲁诺·纳萨雷特一起揭示了最优输运与索伯列夫不等式之间的关系，让自以为了解这些不等式的一众分析学家惊得目瞪口呆。

2004 年，我作为米勒研究所的访问教授来到伯克利。在那里，我见到了我未来的美国合作者 —— 约翰·洛特，他当时正应邀在数学科学研究所做访问。我们合作阐明了如何将来自经济学中的最优输运想法应用到非欧几里德几何以及非光滑几何上，这就是里奇综合曲率问题。我们的研究所推导出的理论（有时被称为洛特－斯图谟－维拉尼理论）凿穿了分析与几何之间的坚冰。

2007 年，由于推测到了隐藏切割迹（tangent cut locus）几何性质与保证最优输运正则性的曲率必要条件之间的某种和谐关系，我猜出了这两者之间的联系，进而同格雷戈尔·勒佩尔一起证明了这个看似凭空出现的联系。

每一次，总是一个不经意的碰撞演绎出一切。仿佛是我有意为之！之后，我更加坚定地投身探寻各种早已存在的和谐关系 —— 牛顿、开普勒以及众多前辈其实已做出了表率。世间充满了多少让人意想不到的联系啊！

> 人们从不曾发现，
>
> 一根情丝遥相牵，
>
> 起点都柏林花园，
>
> 终点水手在天边。
>
> 嘘，请不要外传……

人们也从没想到朗道阻尼与柯尔莫哥洛夫理论之间会有联系。

总之，艾蒂安·吉斯或许曾经猜到了这个联系，可惜不知被哪个淘气的小精灵蒙蔽了双眼。在我们交谈的一年之后，我搜集到了足够的线索，现在，我终于找到了这个联系！

"嗯 …… 共振现象造成了扰动框架下正则性的损失，但可以通过一个利用扰动系统中完全可积的特征线的牛顿迭代格式加以补救 ……"

看，探索之路永远没有尽头！谁能料到问题会如此扭曲呢？谁会相信，说到底，朗道阻尼竟是一个正则性的问题呢？！

❧❧❧❧❧

水手与玫瑰*

—— 词/让·于埃尔 曲/克劳德·班格尔

匆匆那年相思遥，
玫瑰水手心相印。
水手远航去宝岛，
玫瑰留在都柏林。

他们从此未相见，
只因相隔太遥远。
他不曾离开航船，
她不曾迈出花园。

乖巧玫瑰头顶上，
鸟儿整日忙飞翔，
天上云儿也飘荡，
太阳起落春来往。

放荡水手头顶上，
有着相通的梦想。
春日白云清空朗，
阳光下面鸟儿唱。

九月那天噩耗传，
不幸水手遇海难，
玫瑰凋零在房间，
失恋少女葬花瓣。

人们从不曾发现，
一根情丝遥相牵，
起点都柏林花园，
终点水手在天边。

嘘，请不要外传，
金光点点余辉闪。
天使美丽如闪电，
抛洒花瓣在海面。

格里布耶

26

普林斯顿，2009 年 3 月 8 日至 9 日夜

第 55 版。在审读与精修论文的乏味过程中，又一个新的漏洞出现了。

我火冒三丈。真是够了！

"真让人忍无可忍！之前是非线性部分，现在，本来看上去可控的线性部分又出了问题！"

我们已经在很多地方宣讲了自己的理论。上周，我在纽约宣布了结果，明天，克莱蒙将要在尼斯作一个报告。我们不能再出错了，结果一定得正确！

尽管出了问题，我们还是得把恼人的定理 7.4 写好……

家里就我一个人醒着，孩子们已进入了梦乡。面对大飘窗外无边的黑夜，时间飞快地流逝。我一会儿坐在沙发上，一会儿躺在沙发上，一会儿跪在沙发前，搜肠刮肚，用尽招数，不停地在草稿纸上涂涂写写，却一无所获。

是夜，我入睡时是凌晨 4 点，那时我已几近绝望。

Date: Mon, 6 Apr 2009 20:03:45 +0200

Subject: 朗道 第 51 版

From: Clement Mouhot <clement.mouhot@ceremade.dauphine.fr>

To: Cedric Villani <Cedric.VILLANI@umpa.ens-lyon.fr>

我把读过的部分都发给你了。在仔细审阅了 120 页之后，我实在无法再继续，今晚要休息一下。这里是第 51 版，没出错的话，这包含了所有邮件中提出的修正和更改（我详细检查了所有邮件，修正内容包括图示、注释、常数的依赖性等等），同时也包含了你重写的第 10 章（来自你发给我的最后一个版本 —— 第 50 版）以及新的第 12 章。

我这边进行了一次整体上的审阅，读到了第 9 章的末尾（直到第 118 页），有不少 NdCM 你得再看看，还有一块细节的修正，我觉得没什么问题。在上述 NdCM 中，只有两处指出了证明中的问题（但是都没能撼动证明的有效性），即第 7 章第 100 页和第 9 章第 116 页。

下面是我建议的下一阶段工作计划：请你以第 51 版为基础，审阅第 1 到第 9 章，检查所有的 NdCM，每解决一个，就删除一个，然后把修改过的版本命名为第 51-cv 版，而我将继续仔细审阅第 10、11、12、13 和 14 章。计划明天晚上或者周三早上相互交换，如何？

祝好，

克莱蒙

27

普林斯顿，2009 年 4 月 9 日清晨

唉……早起真是个艰难的工程。我好不容易起来，坐在床上。

嗯?

我的脑海里响起一个声音：**应该把第二项移到另一边，做傅里叶变换，然后在 L^2 中求逆。**

这不可能!

我抓过一张纸，潦草地写了一句话，然后赶去催促孩子们起床、洗漱、准备上学，给他们弄早餐，再带他们跑步穿过潮湿的草地，一路飞奔着到达校车停靠点。校车是一辆黑黄色相间的漂亮巴士，就像美国大片里看到的那样。

所有孩子们都规规矩矩地上了车，他们将被拉到利特尔布鲁克小学。把顶级科学家的子女们集中在一辆校车里，想来还挺有趣。瞧，这是我的法国同胞吴宝珠的孩子们，他们是从巴黎来到普林斯顿。吴宝珠精彩地解决了被称为"基本引理"的古老问题，从此一鸣惊人。这是数学领域出了名的难题，我对此完全不了解。无论如何，所有人都认为他很有希望摘取下届菲尔茨奖!

好，现在孩子们离开了。在利特尔布鲁克自会有人照顾他们。白天，孩子们会有自己的个性化英语课程，老师们会一直鼓励他们，帮

学生树立自信心 —— 从这点来说，家长可以完全相信美国老师。等到下午，孩子们还会把在学校一整天的愉悦心情带回家，高高兴兴地完成家庭作业 —— 令人庆幸的是，学生对作业的憎恶之情还没有传染到美国，至少没有蔓延到普林斯顿。

我飞快回到家里，坐在扶手椅上开始检验今天早上冒出的那个神奇想法，尝试用它来填补可恶的漏洞。

"还是用傅里叶变换，正如迈克尔·西加尔向我建议的那样，完全不要考虑拉普拉斯变换，但在求逆之前，先像这样分解，然后分两次……"

我演算着、思索着。突然，一个想法闪现。

我猜，这能行……

我确定，这能行！

理所当然，就应该这样处理。

我们将以此为基础进一步前进，加入其他要素，但我已经抓住大方向。

现在，只需要一点点耐心。我看到，这个想法逐渐走入一个熟悉的框架。我详细记下所有细节。此刻是我发挥这十八年来积累的数学功底的时候了！

"嗯……目前看起来，这有点像杨不等式……然后，类似闵可夫斯基不等式的证明……做变量代换、分解积分……"

我完全转换成半自动状态。现在，我终于可以施展自己所有的经验。但是，达到这一境界需要一束灵感的火花。这就是传说中的那道灵光，仿佛数学之神前来与你对话，当你得到启示的时候，就会听到脑海中有一个声音响起。必须承认，这是千载难逢的罕事！

我回想起另一次与数学之神直接对话的体验。那是在 2001 年的冬天，当时我在里昂做教授。有一段时间，我每周三在庞加莱研究所讲授一门课程。我在研究所发表了一个关于切尔奇纳尼猜想的不完整结果。一个周三，蒂埃里·博迪诺问我能否改进某部分的表述。在返回里昂的高速列车上，我一直思考这个问题。突然，我就像被一道灵感之光击中，赫然发现了一个强有力的证明思路，完整的证明刚好能紧扣我的猜想。之后的几天里，我针对更一般情况对证明加以完善，在某种意义上对猜想进行了推广。我准备在下一个周三骄傲地宣布这两个新结果。

但到了周二，我在第二个定理的证明中发现了一个致命错误！整整一夜，我都在试图挽救这个证明，然而直到凌晨三四点都没有任何突破，我只好先睡上一觉。

第二天，我懵懵懂懂地醒过来，脑海里反复思考着这个问题。我无法说服自己放弃介绍这个结果。

去往车站的路上，我脑子里依然充斥着各种行不通的线索。当我踏上在高速列车，在座位上一坐定，那束光突然降临。在那一刻，**我恍然大悟**，明白该如何修改证明了。

在整个旅程中，我奋力将结果重新整理清楚。最终，以无比自豪的姿态向众人公布了自己的成果。很快，证明结果被公开发表。而这样一个**列车制造**（made in TGV）的结果，后来成为我最优秀的几篇论文中的主要内容。

2009 年 4 月 9 日这一天的早上，一束崭新而微小的光为我开启了智慧之门，照亮了我前进的道路。遗憾的是，论文的读者们恐怕永远也体会不到这种欣喜，而智慧之光终将会淹没在技术细节中……

❦❦❦❦❦

为了表述这一节的主要结果，我们定义 $\mathbb{Z}_*^d = \mathbb{Z}^d \setminus \{0\}$；并且如果给定一个函数序列 $\Phi(k,t)$（$k \in \mathbb{Z}_*^d, t \in \mathbb{R}$），那么定义 $\|\Phi(t)\|_\lambda = \sum_k e^{2\pi\lambda|k|} |\Phi(k,t)|$。我们把 $(K(k,s)\Phi(k,t))_{k\in\mathbb{Z}_*^d}$ 简记为 $K(s)\Phi(t)$，等等。

定理 7.7 (通过积分不等式得到的增长性估计)。假设 $f^0 = f^0(v)$ 以及 $W = W(x)$ 满足 2.2 小节的带有常数 C_0, λ_0, κ 的 **(L)** 条件；特别地，$|\tilde{f}^0(\eta)| \leqslant C_0 e^{-2\pi\lambda_0|\eta|}$。进一步，假设

$$C_W = \max\left\{ \sum_{k\in\mathbb{Z}^d_*} |\widehat{W}(k)|, \ \sup_{k\in\mathbb{Z}^d_*} |k||\widehat{W}(k)| \right\}.$$

令 $A \geqslant 0$, $\mu \geqslant 0$, $\lambda \in (0, \lambda^*]$，并且 $0 < \lambda^* < \lambda_0$。令 $(\Phi(k,t))_{k\in\mathbb{Z}^d_*, t\geqslant 0}$ 为一个在 $t \geqslant 0$ 时连续的 $\mathbb{C}^{\mathbb{Z}^d_*}$ 值函数，使得

$$\forall t \geqslant 0, \quad \left\| \Phi(t) - \int_0^t K^0(t-\tau)\Phi(\tau)d\tau \right\|_{\lambda t+\mu}$$
$$\leqslant A + \int_0^t \left[K_0(t,\tau) + K_1(t,\tau) + \frac{c_0}{(1+\tau)^m} \right] \|\Phi(\tau)\|_{\lambda\tau+\mu}\, d\tau, \tag{7.22}$$

这里 $c_0 \geqslant 0$, $m > 1$ 并且 $K_0(t,\tau)$, $K_1(t,\tau)$ 都是非负核 (nonnegative kernel)。令 $\varphi(t) = \|\Phi(t)\|_{\lambda t+\mu}$。

(i) 假设 $\gamma > 1$ 且对于某 $c > 0$, $\alpha \in \overline{\alpha}(\gamma)$ 有 $K_1 = cK^{(\alpha),\gamma}$，这里 $K^{(\alpha),\gamma}$ 定义为

$$K^{(\alpha),\gamma}(t,\tau) = (1+\tau)\, d\, \sup_{k\neq 0,\, \ell\neq 0} \frac{e^{-\alpha|\ell|}e^{-\alpha\left(\frac{t-\tau}{t}\right)|k-\ell|}e^{-\alpha|k(t-\tau)+\ell\tau|}}{1+|k-\ell|^\gamma},$$

这里的 $\overline{\alpha}(\gamma)$ 出现在命题 7.1 中，则存在一对仅依赖于 $\gamma, \lambda^*, \lambda_0, \kappa, c_0, C_W, m$ 的正常数 C 与 χ，并且当 $\gamma \to 1$ 时对 γ 一致，使得

$$\sup_{t\geqslant 0} \int_0^t K_0(t,\tau)\, d\tau \leqslant \chi \tag{7.23}$$

并且

$$\sup_{t\geqslant 0} \left(\int_0^t K_0(t,\tau)^2\, d\tau \right)^{1/2} + \sup_{\tau\geqslant 0} \int_\tau^\infty K_0(t,\tau)\, dt \leqslant 1, \tag{7.24}$$

则对于任意的 $\varepsilon \in (0,\alpha)$，

$$\forall t \geqslant 0, \quad \varphi(t) \leqslant CA\frac{(1+c_0^2)}{\sqrt{\varepsilon}} e^{Cc_0}\left(1 + \frac{c}{\alpha\varepsilon}\right) \times e^{CT}e^{Cc(1+T^2)}e^{\varepsilon t}, \tag{7.25}$$

这里

$$T = C \max \left\{ \left(\frac{c^2}{\alpha^5 \varepsilon^{2+\gamma}} \right)^{\frac{1}{\gamma-1}} ; \left(\frac{c}{\alpha^2 \varepsilon^{\gamma+\frac{1}{2}}} \right)^{\frac{1}{\gamma-1}} ; \left(\frac{c_0^2}{\varepsilon} \right)^{\frac{1}{2m-1}} \right\}. \quad (7.26)$$

(ii) 假设对于某些 $\alpha_i \in (0, \overline{\alpha}(1))$, $K_1 = \sum_{1 \leqslant i \leqslant N} c_i K^{(\alpha_i),1}$, 这里 $\overline{\alpha}(1)$ 出现在命题 7.1 中, 则存在一个数值常数 $\Gamma > 0$ 使得对于任意的

$$1 \geqslant \varepsilon \geqslant \Gamma \sum_{i=1}^N \frac{c_i}{\alpha_i^3},$$

总成立 (使用与 (i) 中相同的符号):

$$\forall t \geqslant 0, \quad \varphi(t) \leqslant C \, A \frac{(1+c_0^2)e^{Cc_0}}{\sqrt{\varepsilon}} e^{CT} e^{Cc(1+T^2)} e^{\varepsilon t}, \quad (7.27)$$

这里

$$c = \sum_{i=1}^N c_i, \quad T = C \max \left\{ \frac{1}{\varepsilon^2} \left(\sum_{i=1}^N \frac{c_i}{\alpha_i^3} \right) ; \left(\frac{c_0^2}{\varepsilon} \right)^{\frac{1}{2m-1}} \right\}.$$

证 (定理 7.7 的证明) 我们只处理 (i), 因为 (ii) 的处理与之相当接近, 而且, 我们只证明一个 **先验型** 估计, 忽略用于建立严格估计的连续性/逼近过程。这样, 证明由三个步骤组成。

第一步: 粗糙逐点上界估计。从 (7.22) 得出

$$\begin{aligned}
\varphi(t) &= \sum_{k \in \mathbb{Z}_*^d} |\Phi(k,t)| e^{2\pi(\lambda t+\mu)|k|} \\
&\leqslant A + \sum_k \int_0^t |K^0(k,t-\tau)| \, e^{2\pi(\lambda t+\mu)|k|} \, |\Phi(t,\tau)| \, d\tau \\
&\quad + \int_0^t \left[K_0(t,\tau) + K_1(t,\tau) + \frac{c_0}{(1+\tau)^m} \right] \varphi(\tau) \, d\tau \\
&\leqslant A + \int_0^t \left[\left(\sup_k |K^0(k,t-\tau)| \, e^{2\pi\lambda(t-\tau)|k|} \right) \right. \\
&\quad \left. + K_1(t,\tau) + K_0(t,\tau) + \frac{c_0}{(1+\tau)^m} \right] \varphi(\tau) \, d\tau.
\end{aligned} \quad (7.28)$$

注意到，对于任意的 $k \in \mathbb{Z}_*^d$ 与 $t \geqslant 0$，

$$\begin{aligned}
\left|K^0(k, t-\tau)\right| e^{2\pi\lambda|k|(t-\tau)} &\leqslant 4\pi^2 |\widehat{W}(k)| C_0 e^{-2\pi(\lambda_0-\lambda)|k|t} |k|^2 t \\
&\leqslant \frac{CC_0}{\lambda_0 - \lambda}\left(\sup_{k \neq 0} |k| \, |\widehat{W}(k)|\right) \leqslant \frac{C\,C_0\,C_W}{\lambda_0 - \lambda},
\end{aligned}$$

这里（以及在下文中），C 表示一个可能会变化的常数。假设 $\int K_0(t, \tau) \, d\tau \leqslant 1/2$，从 (7.28) 我们可以得出

$$\begin{aligned}
\varphi(t) \leqslant A &+ \frac{1}{2}\left(\sup_{0 \leqslant \tau \leqslant t} \varphi(\tau)\right) \\
&+ C\int_0^t \left(\frac{C_0\,C_W}{\lambda_0 - \lambda} + c(1+t) + \frac{c_0}{(1+\tau)^m}\right) \varphi(\tau) \, d\tau,
\end{aligned}$$

并根据格朗沃尔引理

$$\varphi(t) \leqslant 2A e^{C\left(\frac{C_0\,C_W}{\lambda_0 - \lambda} t + c(t+t^2) + c_0\,C_m\right)}, \tag{7.29}$$

这里 $C_m = \int_0^\infty (1+\tau)^{-m} d\tau$。

第二步：L^2 界。在这一步中 (7.23) 提供的小尺寸条件将起到关键作用。对于所有的 $k \in \mathbb{Z}_*^d$，$t \geqslant 0$，定义

$$\Psi_k(t) = e^{-\varepsilon t}\Phi(k, t)e^{2\pi(\lambda t+\mu)|k|}, \tag{7.30}$$

$$\mathcal{K}_k^0(t) = e^{-\varepsilon t}K^0(k, t)e^{2\pi(\lambda t+\mu)|k|}, \tag{7.31}$$

$$\begin{aligned}
R_k(t) = e^{-\varepsilon t}&\left(\Phi(k, t) - \int_0^t K^0(k, t-\tau)\Phi(k, \tau) \, d\tau\right) \\
&\times e^{2\pi(\lambda t+\mu)|k|}
\end{aligned} \tag{7.32}$$

$$= \left(\Psi_k - \Psi_k * \mathcal{K}_k^0\right)(t),$$

我们对于 $t < 0$ 将这些函数做零延拓。对时间变量做傅里叶变换，得到 $\widehat{R}_k = (1 - \widehat{\mathcal{K}}_k^0)\widehat{\Psi}_k$；从 (**L**) 得出 $|1 - \widehat{\mathcal{K}}_k^0| \geqslant \kappa$，从而得出 $\|\widehat{\Psi}_k\|_{L^2} \leqslant \kappa^{-1}\|\widehat{R}_k\|_{L^2}$，即，

$$\|\Psi_k\|_{L^2(dt)} \leqslant \frac{\|R_k\|_{L^2(dt)}}{\kappa}. \tag{7.33}$$

将 (7.33) 代入 (7.32), 得出

$$\forall k \in \mathbb{Z}_*^d, \quad \|\Psi_k - R_k\|_{L^2(dt)} \leqslant \frac{\|\mathcal{K}_k^0\|_{L^1(dt)}}{\kappa} \|R_k\|_{L^2(dt)}. \tag{7.34}$$

从而

$$\begin{aligned}
\left\|\varphi(t)e^{-\varepsilon t}\right\|_{L^2(dt)} &= \left\|\sum_k |\Psi_k|\right\|_{L^2(dt)} \\
&\leqslant \left\|\sum_k |R_k|\right\|_{L^2(dt)} + \sum_k \|R_k - \Psi_k\|_{L^2(dt)} \\
&\leqslant \left\|\sum_k |R_k|\right\|_{L^2(dt)} \left(1 + \frac{1}{k}\sum_{\ell \in \mathbb{Z}_*^d} \|\mathcal{K}_\ell^0\|_{L^1(dt)}\right).
\end{aligned} \tag{7.35}$$

（注意：用 $\|\sum_k |R_k|\|$ 控制 $\|R_\ell\|$ 看似十分粗糙, 但是可以通过 $\mathcal{K}_k^0$ 对于 k 衰减性挽回。）接着, 我们注意到

$$\begin{aligned}
\|\mathcal{K}_k^0\|_{L^1(dt)} &\leqslant 4\pi^2 |\widehat{W}(k)| \int_0^\infty C_0 \, e^{-2\pi(\lambda_0 - \lambda)|k|t} \, |k|^2 \, t \, dt \\
&\leqslant 4\pi^2 |\widehat{W}(k)| \frac{C_0}{(\lambda_0 - \lambda)^2},
\end{aligned}$$

从而

$$\sum_k \|\mathcal{K}_k^0\|_{L^1(dt)} \leqslant 4\pi^2 \left(\sum_k |\widehat{W}(k)|\right) \frac{C_0}{(\lambda_0 - \lambda)^2}.$$

将此代入 (7.35), 并再次使用 (7.22), 得出

$$\begin{aligned}
&\left\|\varphi(t)e^{-\varepsilon t}\right\|_{L^2(dt)} \\
&\leqslant \left(1 + \frac{C\,C_0 C_W}{\kappa(\lambda_0 - \lambda)^2}\right) \left\|\sum_k |R_k|\right\|_{L^2(dt)} \\
&\leqslant \left(1 + \frac{C\,C_0 C_W}{\kappa(\lambda_0 - \lambda)^2}\right) \left\{\int_0^\infty e^{-2\varepsilon t}\left(A + \int_0^t \left[K_1 + K_0\right.\right.\right. \\
&\left.\left.\left. + \frac{c_0}{(1+\tau)^m}\right]\varphi(\tau)\,d\tau\right)^2 dt\right\}^{\frac{1}{2}}.
\end{aligned} \tag{7.36}$$

通过闵可夫斯基不等式，我们将之分解成几个部分，并对每个部分分别做估计。首先，

$$\left(\int_0^\infty e^{-2\varepsilon t} A^2 \, dt \right)^{\frac{1}{2}} = \frac{A}{\sqrt{2\varepsilon}}. \tag{7.37}$$

之后，对于任意的 $T \geqslant 1$，由第一步以及 $\int_0^t K_1(t,\tau)d\tau \leqslant Cc(1+t)/\alpha$ 得出：

$$\left\{ \int_0^T e^{-2\varepsilon t} \left(\int_0^t K_1(t,\tau)\,\varphi(\tau)\,d\tau \right)^2 dt \right\}^{\frac{1}{2}}$$

$$\leqslant \left[\sup_{0 \leqslant t \leqslant T} \varphi(t) \right] \left(\int_0^T e^{-2\varepsilon t} \left(\int_0^t K_1(t,\tau)\,d\tau \right)^2 dt \right)^{\frac{1}{2}}$$

$$\leqslant C\,A\,e^{C\left[\frac{C_0\,C_W}{\lambda_0-\lambda}T + c(T+T^2) \right]} \frac{c}{\alpha} \left(\int_0^\infty e^{-2\varepsilon t}(1+t)^2\,dt \right)^{\frac{1}{2}}$$

$$\leqslant C\,A\,\frac{c}{\alpha\,\varepsilon^{3/2}} e^{C\left[\frac{C_0\,C_W}{\lambda_0-\lambda}T + c(T+T^2) \right]}. \tag{7.38}$$

根据琴生不等式与富比尼定理，得到

$$\left\{ \int_T^\infty e^{-2\varepsilon t} \left(\int_0^t K_1(t,\tau)\,\varphi(\tau)\,d\tau \right)^2 dt \right\}^{\frac{1}{2}}$$

$$= \left\{ \int_T^\infty \left(\int_0^t K_1(t,\tau)\,e^{-\varepsilon(t-\tau)}\,e^{-\varepsilon\tau}\,\varphi(\tau)\,d\tau \right)^2 dt \right\}^{\frac{1}{2}}$$

$$\leqslant \left\{ \int_T^\infty \left(\int_0^t K_1(t,\tau)\,e^{-\varepsilon(t-\tau)}\,d\tau \right) \right.$$

$$\left. \times \left(\int_0^t K_1(t,\tau)\,e^{-\varepsilon(t-\tau)}\,e^{-2\varepsilon\tau}\,\varphi(\tau)^2\,d\tau \right) dt \right\}^{\frac{1}{2}}$$

$$\leqslant \left(\sup_{t \geqslant T} \int_0^t e^{-\varepsilon t}\,K_1(t,\tau)\,e^{\varepsilon\tau}\,d\tau \right)^{\frac{1}{2}}$$

$$\times \left(\int_T^\infty \int_0^t K_1(t,\tau)\,e^{-\varepsilon(t-\tau)}\,e^{-2\varepsilon\tau}\,\varphi(\tau)^2\,d\tau\,dt \right)^{\frac{1}{2}}$$

$$= \left(\sup_{t \geqslant T} \int_0^t e^{-\varepsilon t}\, K_1(t,\tau)\, e^{\varepsilon \tau}\, d\tau \right)^{\frac{1}{2}}$$

$$\times \left(\int_0^\infty \int_{\max\{\tau;T\}}^{+\infty} K_1(t,\tau)\, e^{-\varepsilon(t-\tau)}\, e^{-2\varepsilon\tau}\, \varphi(\tau)^2\, dt\, d\tau \right)^{\frac{1}{2}}$$

$$\leqslant \left(\sup_{t \geqslant T} \int_0^t e^{-\varepsilon t} K_1(t,\tau)\, e^{\varepsilon\tau}\, d\tau \right)^{\frac{1}{2}}$$

$$\times \left(\sup_{\tau \geqslant 0} \int_\tau^\infty e^{\varepsilon\tau}\, K_1(t,\tau)\, e^{-\varepsilon t}\, dt \right)^{\frac{1}{2}}$$

$$\times \left(\int_0^\infty e^{-2\varepsilon\tau}\, \varphi(\tau)^2\, d\tau \right)^{\frac{1}{2}}. \tag{7.39}$$

（基本上，我们完全采用了杨不等式的证明。）类似地，

$$\left\{ \int_0^\infty e^{-2\varepsilon t} \left(\int_0^t K_0(t,\,\tau)\, \varphi(\tau)\, d\tau \right)^2 dt \right\}^{\frac{1}{2}}$$

$$\leqslant \left(\sup_{t \geqslant 0} \int_0^t e^{-\varepsilon t}\, K_0(t,\,\tau)\, e^{\varepsilon\tau}\, d\tau \right)^{\frac{1}{2}}$$

$$\times \left(\sup_{\tau \geqslant 0} \int_\tau^\infty e^{\varepsilon\tau}\, K_0(t,\tau)\, e^{-\varepsilon t}\, dt \right)^{\frac{1}{2}}$$

$$\times \left(\int_0^\infty e^{-2\varepsilon\tau}\, \varphi(\tau)^2\, d\tau \right)^{\frac{1}{2}}$$

$$\leqslant \left(\sup_{t \geqslant 0} \int_0^t K_0(t,\tau)\, d\tau \right)^{\frac{1}{2}} \left(\sup_{\tau \geqslant 0} \int_\tau^\infty K_0(t,\tau)\, dt \right)^{\frac{1}{2}}$$

$$\times \left(\int_0^\infty e^{-2\varepsilon\tau}\, \varphi(\tau)^2\, d\tau \right)^{\frac{1}{2}}. \tag{7.40}$$

对最后一项也做分解，依照 $\tau \leqslant T$ 或 $\tau > T$：

$$\left\{ \int_0^\infty e^{-2\varepsilon t} \left(\int_0^T \frac{c_0\, \varphi(\tau)}{(1+\tau)^m}\, d\tau \right)^2 dt \right\}^{\frac{1}{2}}$$

$$\leqslant c_0 \left(\sup_{0 \leqslant \tau \leqslant T} \varphi(\tau) \right)$$

$$\times \left\{ \int_0^\infty e^{-2\varepsilon t} \left(\int_0^T \frac{d\tau}{(1+\tau)^m} \right)^2 dt \right\}^{\frac{1}{2}}$$

$$\leqslant c_0 \frac{C\,A}{\sqrt{\varepsilon}} e^{C\left[\left(\frac{c_0\,c_W}{\lambda_0-\lambda} \right)T + c(T+T^2) \right]} C_m, \tag{7.41}$$

并且

$$\left\{ \int_0^\infty e^{-2\varepsilon t} \left(\int_T^t \frac{c_0\,\varphi(\tau)\,d\tau}{(1+\tau)^m} \right)^2 dt \right\}^{\frac{1}{2}}$$

$$= c_0 \left\{ \int_0^\infty \left(\int_T^t e^{-\varepsilon(t-\tau)} \frac{e^{-\varepsilon\tau}\,\varphi(\tau)}{(1+\tau)^m}\,d\tau \right)^2 dt \right\}^{\frac{1}{2}}$$

$$\leqslant c_0 \left\{ \int_0^\infty \left(\int_T^t \frac{e^{-2\varepsilon(t-\tau)}}{(1+\tau)^{2m}}\,d\tau \right) \left(\int_T^t e^{-2\varepsilon\tau}\,\varphi(\tau)^2\,d\tau \right) dt \right\}^{\frac{1}{2}}$$

$$\leqslant c_0 \left(\int_0^\infty e^{-2\varepsilon t}\varphi(t)^2\,dt \right)^{\frac{1}{2}} \left(\int_0^\infty \int_T^t \frac{e^{-2\varepsilon(t-\tau)}}{(1+\tau)^{2m}}\,d\tau\,dt \right)^{\frac{1}{2}}$$

$$= c_0 \left(\int_0^\infty e^{-2\varepsilon t}\varphi(t)^2\,dt \right)^{\frac{1}{2}}$$

$$\times \left(\int_T^\infty \frac{1}{(1+\tau)^{2m}} \left(\int_\tau^\infty e^{-2\varepsilon(t-\tau)}\,dt \right) d\tau \right)^{\frac{1}{2}}$$

$$= c_0 \left(\int_0^\infty e^{-2\varepsilon t}\varphi(t)^2\,dt \right)^{\frac{1}{2}} \left(\int_T^\infty \frac{d\tau}{(1+\tau)^{2m}} \right)^{\frac{1}{2}}$$

$$\times \left(\int_0^\infty e^{-2\varepsilon s}\,ds \right)^{\frac{1}{2}}$$

$$= \frac{C_{2m}^{1/2} c_0}{\sqrt{\varepsilon}T^{m-1/2}} \left(\int_0^\infty e^{-2\varepsilon t}\,\varphi(t)^2\,dt \right)^{\frac{1}{2}}. \tag{7.42}$$

将 (7.37) 的估计代入 (7.42)，从 (7.36) 得到

$$\left\| \varphi(t)\,e^{-\varepsilon t} \right\|_{L^2(dt)}$$

$$\leqslant \left(1 + \frac{C\,C_0\,C_W}{\kappa\,(\lambda_0-\lambda)^2} \right) \frac{C\,A}{\sqrt{\varepsilon}} \left[1 + \left(\frac{c}{\alpha\varepsilon} + c_0\,C_m \right) \right]$$

$$\times e^{C\left[\frac{c_0\,c_W}{\lambda_0-\lambda}T + c(T+T^2) \right]} + a \left\| \varphi(t)e^{-\varepsilon t} \right\|_{L^2(dt)}, \tag{7.43}$$

这里

$$
a = \left(1 + \frac{C\,C_0 C_W}{\kappa (\lambda_0 - \lambda)^2}\right) \left[\left(\sup_{t \geqslant T} \int_0^t e^{-\varepsilon t} K_1(t,\tau)\, e^{\varepsilon \tau}\, d\tau\right)^{\frac{1}{2}}\right.
$$

$$
\times \left(\sup_{\tau \geqslant 0} \int_\tau^\infty e^{\varepsilon \tau} K_1(t,\tau)\, e^{-\varepsilon t}\, dt\right)^{\frac{1}{2}}
$$

$$
\left. + \left(\sup_{t \geqslant 0} \int_0^t K_0(t,\tau)\, d\tau\right)^{\frac{1}{2}} \left(\sup_{\tau \geqslant 0} \int_\tau^\infty K_0(t,\tau)\, dt\right)^{\frac{1}{2}} + \frac{C_{2m}^{1/2} c_0}{\sqrt{\varepsilon} T^{m-1/2}}\right].
$$

引用命题 7.1 ($\gamma > 1$ 的情况) 以及命题 7.5，同时考虑假设 (7.23) 与 (7.24)，我们发现当 χ 充分小以及 T 满足 (7.26) 时，$a \leqslant 1/2$。从而由 (7.43) 得出

$$
\|\varphi(t)\, e^{-\varepsilon t}\|_{L^2(dt)} \leqslant \left(1 + \frac{C\,C_0\,C_W}{\kappa\,(\lambda_0 - \lambda)^2}\right) \frac{C\,A}{\sqrt{\varepsilon}}
$$

$$
\times \left[1 + \left(\frac{c}{\alpha\,\varepsilon} + c_0\,C_m\right)\right] e^{C\left[\frac{C_0\,C_W}{\lambda_0 - \lambda} T + c(T + T^2)\right]}.
$$

第三步：加细逐点界。这里，我们将第三次使用 (7.22)，在 $t \geqslant T$ 的情况下：

$$
e^{-\varepsilon t} \varphi(t) \leqslant A e^{-\varepsilon t}
$$

$$
+ \int_0^t \left(\sup_k |K^0(k, t-\tau)| e^{2\pi \lambda (t-\tau)|k|}\right) \varphi(\tau)\, e^{-\varepsilon \tau}\, d\tau
$$

$$
+ \int_0^t \left[K_0(t,\tau) + \frac{c_0}{(1+\tau)^m}\right] \varphi(\tau)\, e^{-\varepsilon \tau}\, d\tau
$$

$$
+ \int_0^t \left(e^{-\varepsilon t} K_1(t,\tau)\, e^{\varepsilon \tau}\right) \varphi(\tau)\, e^{-\varepsilon \tau}\, d\tau
$$

$$
\leqslant A e^{-\varepsilon t} + \left[\left(\int_0^t \left(\sup_{k \in \mathbb{Z}_*^d} |K^0(k, t-\tau)|\, e^{2\pi \lambda (t-\tau)|k|}\right)^2 d\tau\right)^{\frac{1}{2}}\right.
$$

$$
+ \left(\int_0^t K_0(t,\tau)^2\, d\tau\right)^{\frac{1}{2}} + \left(\int_0^\infty \frac{c_0^2}{(1+\tau)^{2m}}\, d\tau\right)^{\frac{1}{2}}
$$

$$
\left. + \left(\int_0^t e^{-2\varepsilon t} K_1(t,\tau)^2\, e^{2\varepsilon \tau}\, d\tau\right)^{\frac{1}{2}}\right] \left(\int_0^\infty \varphi(\tau)^2\, e^{-2\varepsilon \tau}\, d\tau\right)^{\frac{1}{2}}.
$$

$$
(7.44)
$$

对于任意的 $k \in \mathbb{Z}_*^d$，

$$
\begin{aligned}
\left(\left|K^0(k,t)\right| e^{2\pi\lambda|k|t}\right)^2 &\leqslant 16\pi^4 |\widehat{W}(k)|^2 \left|\tilde{f}^0(kt)\right|^2 |k|^4 t^2 e^{4\pi\lambda|k|t} \\
&\leqslant C\, C_0^2 |\widehat{W}(k)|^2 e^{-4\pi(\lambda_0-\lambda)|k|t} |k|^4 t^2 \\
&\leqslant \frac{C\, C_0^2}{(\lambda_0-\lambda)^2} |\widehat{W}(k)|^2 e^{-2\pi(\lambda_0-\lambda)|k|t} |k|^2 \\
&\leqslant \frac{C\, C_0^2}{(\lambda_0-\lambda)^2} C_W^2\, e^{-2\pi(\lambda_0-\lambda)|k|t} \\
&\leqslant \frac{C\, C_0^2}{(\lambda_0-\lambda)^2} C_W^2\, e^{-2\pi(\lambda_0-\lambda)t};
\end{aligned}
$$

从而

$$
\int_0^t \left(\sup_{k\in\mathbb{Z}_*^d} \left|K^0(k,t-\tau)\right| e^{2\pi\lambda(t-\tau)|k|}\right)^2 d\tau \leqslant \frac{C\, C_0^2\, C_W^2}{(\lambda_0-\lambda)^3}.
$$

之后，欲证之结论由 (7.44)、推论 7.4、条件 (7.26) 与 (7.24)，以及第二步推出。 $\qquad\square$

28

今天，我正式接受了庞加莱研究所所长的职位。

同时，定理的相关证明工作也步入正轨。过去的几天中，尽管连续两次工作到凌晨 4 点，我的热情却从未减弱。

今晚，我准备再次跟数学难题打一场持久战。第一步就是 —— 烧开水。

但是，当我发现家里没有茶了之后，内心迅速被一种惊恐感占据！没有 Camellia sinensis* 的叶子作支撑，我根本无法让自己沉浸在几小时的计算中。

已经是深夜了。在普林斯顿，不要指望哪家商店在这个时间还开着门。我决定听从内心勇气的召唤，跨上自行车，去高等研究院数学系的公共休息室里偷几袋茶叶回来。

我来到研究所大门前，输入了门禁密码，直奔楼上。四处漆黑一团，只有让·布尔甘的办公室门缝中有光线透出来。我一点都不感到惊讶。让享有崇高的学术声望，被学界认为是近数十年来最杰出的分析学者之一。尽管如此，他仍像雄心勃勃的年轻人一般如饥似渴地工作。并且，他喜欢按照美国西海岸的时间作息 —— 他倒是经常去那

---

* 茶树的拉丁文学名。——译者注

边，不过，我敢打赌他在西海岸也会工作到深夜。

我悄悄溜进公共休息室，在安德雷·韦伊青铜像充满谴责的目光下，鬼鬼祟祟地拿走了我垂涎已久的茶叶包，然后迅速地下楼。

但在溜回去的途中，我碰到了汤姆·斯潘塞，他是统计物理学领域的专家，也是我在研究所里最好的朋友之一。我不得不招认了自己的罪行。

"喔！有茶，你才能撑住，对吧？"

回到家，珍贵的茶叶包摆在面前，我终于可以启动仪式了。

还有音乐，拜托，要是没有音乐，我会死掉。

每到这种时候，我会听很多歌。我要一遍一遍不停地重复播凯瑟琳·里贝罗的歌。丹妮尔·梅西娅悲情地质问《你为何将我抛弃》。凯瑟琳·里贝罗是真正的《红色女斗士》，"贝亚·特奇莱尔斯基嬷嬷"那美妙的女高音划破天际。里贝罗，里贝罗，里贝罗。独自一人埋头做学问时，音乐是不可缺席的伴侣。

世上再没什么像音乐那样，能快速将人带入忘我的境界。我还清晰记得，当祖父第一次听到我演奏一小段弗朗西斯·普朗克的乐曲时，他脸上浮现出震惊的表情。一瞬间，祖父似乎回到了 60 年前那所简陋的公寓，住在隔壁的作曲家有着同普朗克一样的曲风。洋溢着古典主义美感的乐曲穿过薄薄的墙壁，回荡在祖父的房间里。

对于我，当昆杜拉·雅诺维茨唱起《纺车旁的葛雷琴》时，我仿佛变回了当年那个因为气胸而住进科尚医院重症监护科的青年。白天，我贪婪地阅读漫画《孤寡老太》（*Carmen Cru*）；晚上，同住院医生一起讨论音乐；深夜，一位女伴借给我的爱尔兰毛绒玩具熊伴我一起入睡。

每当汤姆·威兹嘶吼地唱出《波尔卡公墓》时，总让我回想起第二次气胸复发。当时我住在里昂一家大医院里，同病房住着个轻佻的家伙，总能逗得护士们发笑。

约翰·列侬化身《海象》，将我带回 18 岁，在巴黎综合理工学院的一座大厅里，正值两次口试的休息间隙。未来似乎将要在我面前呈现出未知的精彩。

三年之后，正当巴黎高等师范学院单人宿舍里响起勃拉姆斯《第一钢琴协奏曲》扣人心弦的前奏时，一位年轻姑娘没来由地使劲拍打着我的房门。

回想起幼年时光，我脑海中最常浮现珍妮特的名曲《因为你离去》、史蒂夫·韦灵轻讽刺小曲《蓝鲸》，还有塔尚那首曲调别致的《大灰狼》。不知道为什么，母亲喜爱哼唱的一首贝多芬小提琴协奏曲的主旋律也让我难以忘怀。

在我 12 岁的时候，父母尤其喜爱这些曲子：歌手让·费拉吟唱着诗人路易·阿拉贡的名作《诗人们》；马克西姆·勒·福雷斯捷讲述《情感教育》；莱昂纳德·科恩为南希唱着《好似很久以前》的歌；"美好毁坏"乐队的《海豹》、"顽童"乐队的《水底之钟》与《白纱》、让－米歇尔·雅尔的《氧气》；还有格雷姆·奥怀特歌曲中唱到的那个"老笨蛋"，在《齐腰深》的水流中固执地前行。

进入少年时期，我从电视台第六频道播放的短片和各处拷贝来的卡带上，乱七八糟地听到过很多歌曲：《飞机场》《我要飞》《坠落天际》《鸡舍之歌》《Jerk 舞》《金刚 5》《玛西娅之舞》《蕾蒂西娅》芭芭拉演唱的《黑鹰》《夜猫子》《没有阳光的夜里》《知梦仙女》《甜美的梦》《眉目传情》《寂静之声》《拳击手》《依然爱你》《奇特的喜剧》《货真价实》《莫尔登》《改变生活》法国海军布列塔尼风笛合奏团《苦涩的暗黑英雄》《沃尔斯海岸线》《阿姆斯特朗》《密西西比河》《康尼马拉》《我亲爱的》《血腥星期天》《变革的风信》《尘埃之墙》《我的伙计俾斯麦》《六边形国度》《那个法国》《俄罗斯人》《我看到》《阿奇博尔德叔叔》《多愁善感的刽子手》……

我曾多次对音乐一见钟情，无论古典、流行还是摇滚，一些曲子我反复地听了上百遍。音乐之美让我暗暗惊叹。应该就是这种美，主宰着歌曲的整个创作过程吧。自从听了德沃夏克的《第九"自新大陆"交响曲》之后，我就像发现了新大陆一样进入了古典音乐的殿堂。这里有巴赫《D 大调第五勃兰登堡协奏曲》、贝多芬《第七交响曲》、拉赫玛尼诺夫《第三钢琴协奏曲》、马勒《第二交响曲》、勃拉姆斯《第四交响曲》、普罗科菲耶夫《第六奏鸣曲》、贝尔格《第一奏鸣曲》……李斯特《奏鸣曲》、利盖蒂《钢琴练习曲》、肖斯塔科维奇扑朔迷离的《第五交响曲》、舒伯特《D784 奏鸣曲》、肖邦《第十六前奏曲》（当然，需要用恰当的戏剧性演绎方式）。除此之外，还有博埃尔曼的《托卡塔》、布里顿的《战争安魂曲》、约翰·亚当斯传奇性的歌剧《尼克松在中国》。披头士乐队的《生命中的一天》、"僵尸"乐队的《屠夫传说》、"海滩男孩儿"乐队的《今天，这里》、"神曲"组合的《三姐妹》、"硬头"乐队的《吉诺》、安娜·西尔维斯特的《丽萨船》、威廉·舍勒的《王者之剑》、托马斯·费尔森的《先生》、罗达－基尔的伪轻音乐《这没什么》、意欲掩盖严肃气氛的《黑军》，以及《宫殿之主》和《溜冰人》。弗朗索瓦·哈吉－拉萨罗的《大坝》和《驳船》将巴黎淹没。莫特·舒曼在《布鲁克林海滩》上燃烧激情。帕加尼为沉没的威尼斯谱写哀歌。雷欧·弗雷邂逅了《谜一样的伦敦女人》，当一切都《烟消云散》后，只剩下狂怒的《狗》形单影只。迪伦站在《警戒塔上俯视》，看到了《约翰·布朗的尸体》和悲壮的命运，"平克·弗洛伊德"乐队怀念"前院的绿色草坪"。皮亚佐拉在《午夜零点》吟唱起《布宜诺斯艾利斯》。普罗科菲耶夫和莫里科内的两首《浪漫曲》在心中回旋。我曾将阿达莫那首动人心弦的《曼纽尔》带到莫斯科，送给那里的法国音乐与语言爱好者欣赏，那时互联网上还找不到歌词。将被金绳索吊死在伦敦桥下的《乔第》让法布里奇奥·德·安德烈放声哭泣，而乔治·盖伯竟敢提出《如果我是上帝》的假设，谁知保罗·孔特也用柔美地吟唱《跟我走》，伴他一起前行。勒内·斯玛德一曲清澈的《鸟儿》让魁北克的妈妈们和日本女孩儿洒下热泪，之后又用一首《别哭泣》止住了她们的哭声。"雅克兄弟"乐队翻唱了弗朗西斯·布朗什的《待价而沽的将军军衔》，五星上将军衔最终被卖了出去。"马戏团的爱哭鬼"乐队组合向《狐仙》们表达了爱意，奥利维亚·鲁兹用一首《玻璃工》修缮着破碎的落地窗和受伤的心灵。魁北克"我的祖先们"乐队唱着《你爸不诚实》，把家丑都翻了出来。维昂为火爆的爪哇舞蹈而大发雷霆，而吉尔贝·贝考也因一次狠毒的《拍卖》而光火。雷诺咏唱赞美热拉尔·朗贝尔的史诗，而弗朗索瓦·考比耶却在歌颂该诅咒的《恋象癖》。蒂埃凡的世界住满了《切刀姑娘》，《伯尔尼奥尔家族》那装了轮子的棺材以及带有放射性的《短吻鳄 427》和粘乎乎的《寄居蟹系列 87》。在我二十多岁的时候，这些歌曲让姑娘和小伙子们在舞会上尽情狂欢。布雷尔演唱《大熊》时带出的戏剧性颤音，于特耶－罗佑复活了德布龙卡尔的禁歌《1917 的叛乱者》；费拉向奋起反抗的孩子致敬，用一曲《玛利亚》为女性的悲苦致哀，而塔尚却叫嚷着他永远不想要孩子！那些让人无以言表的音乐精灵们，譬如凯特·布什的《军队梦想家》、弗朗斯·高尔的《小兵》、罗琳娜·麦肯尼特的《拦路强盗》、多莉·阿莫丝的《开心鬼》。让娜·谢拉尔嘶吼着《一笔，危险》，爱米莉·莫兰优雅地骂唱着《不再如此》。但是，我最喜欢的是那些歌声令人头皮发麻的"母老虎"，比如梅拉妮无情地斥责着她《周围的人们》，丹妮尔·梅西娅忘情地哭诉自己被抛弃的惨状，帕蒂·史密斯唱着《因为夜色》，乌特·伦佩尔怜悯《玛丽·桑德斯》，弗朗西丝卡·索尔维尔妄图重建了《公社》，朱丽叶扮演着《假小子》，尼娜·哈根用低沉的声音重新演绎库尔特·威尔的作品，格里布耶怒吼着一曲《乌鸦》，穆莱与里贝罗唱着优美的二重唱《和平》《死亡》和《门前的鸟》。

　　探寻新风格音乐不应放过任何线索：音乐会、论坛、免费音乐网站……当然，还有 Bide & Musique 网络电台榜——多亏它，我发现了埃瓦里斯特、阿多尼斯、玛丽、爱米莉·莫兰、伯纳德·布拉邦以及伯纳德·伊契，找到了"酒吧之星"乐队的《在香榭丽舍大街上起飞》，也认识了"成吉思汗"乐队的《莫斯科》。

寻找乐曲与科研工作称得上异曲同工：人们探索各种可能，静静地观察周围，聆听一切；之后，偶尔会有智慧的闪电划过脑海；继而，人们将全身心投入一个课题，成百上千次地反复钻研，除此之外，全世界都被抛诸脑后。

有时，音乐世界与科学世界也会相互交融。那些陪伴我工作的音乐，总能让我回想起自己研究生涯中的重要里程碑。

每当听到朱丽叶高声唱着《维纳斯先生》，我都会想起 2006 年冬天，在里昂的一个天窗下撰写国际数学家大会学报的日子。

爱米莉·莫兰唱着诙谐的《一如从前》，还有"僵尸"乐队动听的《执着一个梦》，让我回想起 2007 年夏天在澳大利亚暂住的公寓里，当时，我正在向该领域最优秀的专家们学习最优输运正则化的理论。也是在那里，我为漫画《死亡笔记》中 L、M 与 N 三人的冒险而兴奋不已，但这是另一个故事了。

当玛丽·拉福莱唱起《为何这些云》时，她那优雅又有力的嗓音中流露出无与伦比的细腻。我总能回想起 2003 年冬天在英国雷丁的那段时光，当时我正在探索亚强制性的秘密。

激情四射的让娜·谢拉尔用一首无名之歌将我带回 2005 年，在圣 - 弗卢尔概率论暑期学校，我在人群的欢呼声中赢得了乒乓球比赛。

普罗科菲耶夫的《第二交响曲第四乐章》总能让我热泪盈眶。1999 年秋天，当我在亚特兰大的时候，几乎每天都是边听这部作品，边撰写自己第一本关于最优输运的书。

1994 年，我每天早上听着莫扎特的《安魂曲》醒来，准备教师资格选拔考试。

帕尔·林德的《巴洛克印象》至今仍在耳边回响，让我想起 2005

年在爱尔兰的一个冬夜。那天白天，我的报告大获成功，傍晚还参加了一个有趣的研讨会。

往事，承载着新发现带来的希望，也背负着缺憾带来的失落，还有曾在脑海中一闪而过的某个灵感。科研生涯就是这样，混杂着喜悦与忧伤，感受着朝气与乐趣，当然，还有一直陪伴着我的、洋溢着激情的音乐。

今晚也不例外，此时此刻在普林斯顿，里贝罗的歌声将陪伴我努力工作。在音像店里已经找不到她的歌曲，还好有互联网：在她的官方网页上有一些歌曲片段，在歌曲网站 MusicMe 上面也能找到 Long Box 精选集。

《不是史诗的诗》一曲远远超出了人们的想象，令人啧啧称叹，这是法国音乐史上的一枝奇葩。但这首歌曲的感情太激烈，每当我聆听时头发都会竖起来，简直无法思考，工作的时候根本没法听这种歌。

所以，我会选择一首叫做《节日》的美妙歌曲，有力、庄重、动人，充满唤起灵感的力量。

> 多么希望身在别处
> 别处却并不知在何方

这是我最喜欢的部分，压抑的歌声开始迸发，绽放动人的力量。就是这歌声，让"已死的、不死的和活着的灵魂都为之颤抖"。

> 在那里我不再饥渴
> 只想与谁好好亲热
> 不论如何，不管何处
> 只要带着爱的浓度
> 即使这爱紧贴泥土
> 只要有感动在心中

工作，塞德里克，继续工作。茶、方程，还有里贝罗。

> 有多少病人在今晚
> 尽全力只为能亲热一番
> 在垂死的黎明亲热
> 气息中充满酒精

好啊！歌曲一结束，我就点了回放，一次又一次。为了继续前进，我需要这种循环播放。工作吧，塞德里克，继续工作。

❦

节　日

—— 凯瑟琳·里贝罗

> 盛大的日子已到来
> 节庆的帷幕已拉开
> 花环蜡烛与软糖球
> 透过橱窗闪着光彩
> 今晚人们失去理智
> 失去理智抢购福袋
> 收银台可要乐开怀
> 美妙又混乱的时光
>
> 巴黎全城灯光璀璨
> 而我却于此不相干
> 偶然遇到一颗卫星
> 蛮横扰乱我的轨线
> 我在斑马线上游荡
> 我在精品店里徜徉

寻找罕见的玩意
寻觅最后一件礼物

多么希望身在别处
别处却不知在何方
在那里我不再饥渴
只想与谁好好亲热
不论如何，不管何处
只要带着爱的浓度
即使这爱紧贴泥土
只要有感动在心中

电话铃声不再响起
错误一定在邮电部
喝着香槟感觉像水
等待天明一夜不睡
时间流逝，灵魂破碎
雨滴无情击打窗户
滚烫的胴体摆上空床
除此以外荡然无存

有多少病人在今晚
尽全力只为能亲热一番
在垂死的黎明亲热
气息中充满酒精
这就是节日，和平日
在我心底，美洲大陆
渴望卫星拦住我的去路
渴望它蛮横拦住我的去路

凯瑟琳·里贝罗

图中签名：我将燃烧，直至火焰熄灭。——凯瑟琳·里贝罗

29

普林斯顿，2009 年 4 月 20 日

老人手握一杯茶，转过身来，用坚定的目光看着我，一言不发。显然，我特立独行的衣着风格让他说不出话来。

人们经常为我的穿衣风格和蜘蛛配饰而感到困惑，甚至面露尴尬之色，我对此已经习以为常了。一般情况下，我都会不以为意，心里还觉得挺有趣。然而这一次，我的心情却一点也不比端详我的人轻松。因为，我面前这个人就是约翰·纳什。他或许是本世纪最伟大的分析学家，也是我心目中的数学英雄。纳什生于 1928 年。他没能获得菲尔茨奖，这个遗憾始终折磨着他，让他痛苦了几十年。诚然，纳什凭借年轻时的科研成就"纳什均衡理论"斩获了诺贝尔经济学奖。这个理论使他在博弈论、经济学和生物学领域声名鹊起。但在专业人士来看，他此后的工作成果更加杰出，值得上两个甚至三个菲尔茨奖。

1954 年，纳什提出"非光滑嵌入定理"。这是一个用来构造不可能对象的怪物，譬如，打碎一个乒乓球却不使之变形，或者构造一个完全平坦的环。正如格罗莫夫所说，**这不应该存在，但确实存在**。可以说，没有人比格罗莫夫对纳什的几何理论理解得更深入，并且他在纳什的成果基础上发展了整套凸积分理论。

纳什与同事沃伦·安布罗斯总爱相互挑衅。1956 年，为了回击安

布罗斯的挑战，纳什证明了由数学界的肖邦、"数学王子"黎曼所建立的抽象几何学可以被具体实现。纳什达成了数学界近百年的夙愿。

1958 年，为了回答路易·尼伦伯格提出的一个问题，他证明了带有可测椭圆系数的线性抛物方程解的正则性，也就是在彻底不均匀的固体中，温度的时空连续性，由此开创了现代偏微分方程理论的先河。

仿佛是命运的安排，一位隐士般的天才 —— 恩尼奥·德·焦尔吉与纳什在同一时期采用完全不同的方法证明了同一结果，但这丝毫没有影响到纳什所做贡献的重要性。

同时，纳什被当作英雄拍进好莱坞电影，这在尚在人世的科学家中也十分罕见[*]。我并没有狂热地喜爱这部电影，但我非常欣赏电影脚本的原著传记《美丽心灵》。

但是，纳什能够引起好莱坞的兴趣，绝不仅仅因为他在数学方面的建树，应该还因为他那充满悲剧色彩的人生经历。30 岁那年，纳什罹患了精神疾病，在精神病院住了十多年。出院后，他像幽灵一样长年在普林斯顿大学的走廊里游荡，过人的才华也变得支离破碎。在三十年中，纳什多次进出精神病院。最终，他痊愈了。

如今，80 高龄的他与你我一样正常。

但与我们不同的是，纳什的头上笼罩着我们所没有的光环。惊人的学术成就、天才般的数学技艺、抽丝剥茧的分析风格，让纳什成为现代分析学者心目中的神，对我来说更是如此。

这位正盯着我看的老人，不单单是一个人，而是一个活着的传说。那一天，我没能鼓起勇气同他讲话。

如果有下次机会，我将壮着胆子走近他，同他交谈，向他解释在一次报告中我是如何通过一个发轫于非光滑嵌入理论的证明来解决舍费尔－施尼莱曼悖论。我会告诉他，我计划在法兰西国家图书馆做一个介绍他的报告。我还会对他说，他是我心目中的英雄。他会不会觉

---

[*] 本书写于 2012 年，纳什已于 2015 年因交通事故逝世。——译者注

得这很可笑?

〰〰〰

1956 年的纽约, 一位高大魁梧的男人推开了一栋工厂库房的大门, 在建筑物的正面可以看到"克朗数学研究所"几个大字。他高傲的气质绝不输给大明星罗素·克劳 —— 半个世纪之后, 克劳将会在一部好莱坞电影里扮演他。这个人的名字就是纳什。尽管他当时只有 28 岁, 却已凭借创立"纳什均衡理论"并证明"嵌入定理"而举世闻名。纳什曾先后在普林斯顿大学和麻省理工学院缔造这两项成果。而在纽约, 他将要面对新同事, 开始新问题的研究。

约翰·纳什 (1928—2015)

路易·尼伦伯格提出的问题深深地吸引着纳什。这是一个让最优秀的专家都束手无策的问题 …… 也许同时也是一个能配得上纳什的难题 —— 不连续系数抛物方程的解的连续性问题。

1811 年, 伟大的傅里叶建立了热传导方程, 描述了均匀物体冷却过程中温度随时间和位置演化的规律:

$$\frac{\partial T}{\partial t} = C\Delta T.$$

从此, 这个方程成为偏微分方程中最典型的代表之一。偏微分方程刻画了我们周围各种连续性现象, 从洋流到量子力学。

以极不均匀的方式加热一块固体, 并在某个给定时刻, 让加热的温度随位置移动不连续、不规则地变化, 即便如此, 只需让固体经过一瞬间的自然冷却, 温度分布就会变得光滑, 并以正则的方式发生变化。这个现象被称为"抛物正则化"，是学生们在偏微分方程课程中必须学习的最基本内容之一。该现象的数学表述的重要性远远超出了单纯的物理学范围。

假设固体不均匀，由很多种不同材料制成，因此，在每个位置 x 的热导率（由 $C(x)$ 刻画）并不相同，也就是说，在每个位置的物质冷却速度快慢不一。此时方程变成：

$$\frac{\partial T}{\partial t} = \nabla \cdot \Big(C(x) \nabla T \Big).$$

在这种情况下，正则化性质还成立吗？

与尼伦伯格不同，纳什并不是研究这类方程的专家，但是"愿者上钩"。一周又一周，纳什不厌其详地找尼伦伯格讨论，向后者提出各种问题。

起初，纳什提出的都是些初学者才弄不懂的幼稚问题。尼伦伯格不禁怀疑，纳什会不会就是个绣花枕头。的确，当一个人已经名声在外的时候，更需要勇气，或者说，必须拿出超乎寻常的自信心，才敢针对自己尚不了解的领域向旁人请教初学者才会提出的问题！同样，他也需要勇气和自信来忍受别人可能在不经意间夹杂在回答中的不屑一顾的态度。但是，这恰恰是人们为了更进一步而要付出的代价……慢慢地，纳什的问题越来越明确，越来越击中要害。于是，一些线索浮出了水面。

之后，纳什又找到其他同事进行讨论，从这里获取一些信息，从那里寻求一点帮助，四处讨教。

瑞典分析学家伦纳特·卡勒松也是一位难得的天才，正是他向纳什介绍了玻尔兹曼方程以及熵的概念。卡勒松是少数几位熟知该领域的数学家之一。值得一提的是，他曾是托尔斯滕·卡勒曼数学知识遗产的"遗嘱执行人"。卡勒曼是第一个着手解决玻尔兹曼方程的数学家，他身后留下了关于玻尔兹曼方程未完成的手稿。卡勒松接过了卡勒曼的衣钵，订正并完成了这份手稿。卡勒松借此了解了熵这一概念。而现在，轮到纳什从他这里获得教益。

但是，玻尔兹曼与傅里叶并不是一回事，熵与正则性也没什么联系！

无论如何，纳什的脑海中亮起一丝微光，一个全局计划的草图浮现出来。然而，这位年轻的数学家没有泄漏自己的心思，而是继续和同事们交流，跟这人学习一个引理，从那人手中得到一个命题，仅此而已。

某天早上，人们不得不面对一个事实：纳什将同事们的贡献串联起来，最终完成了定理的证明。正如一位管弦乐队的指挥，让每一位演奏者尽情挥洒各自的才艺。

其证明的核心部分含有熵的概念。这个概念在纳什手中发挥了意想不到的奇效。受到半数学、半物理阐述方式的启迪，纳什摸索出一种通过引入某些量来使用微分不等式的方式，这一方式奠定了全新的风格。而我正是新风格的忠实追随者。

30

普林斯顿，2009 年 5 月 4 日

我将脖子靠在毯子上的那一刻，一股惬意的暖流从头到脚流过了整个身躯。现在是下午一点，或是一点半，我吃过午饭回到办公室，这是上天恩赐的一段放松时光。

我的"放松"可不像隔壁大楼的天体物理学家们苦寻的"弛豫"那么激烈*。但我的放松时间也有点生硬：在地板和我的身体之间没有柔软的床垫，只隔着一张办公桌上铺的薄桌毯。桌毯虽然很薄，但我的脖子依然能感觉到它的存在。我对此已完全适应，并由衷地享受这种不够柔软的触感。

闭上眼，我脑海中浮现出一幕幕画面，耳边的声音也变得越来越清晰：这个早上的经历像电影一样在眼前又过了一遍。

今早，利特尔布鲁克小学的孩子们参观了高等研究院。这里有一泓碧波，花开满树，古老的图书馆里矗立着爱因斯坦宏伟的半身像。好好看吧，孩子们，这是魔幻的科学城堡！8 岁的年龄，已经足够承载孩子们对科学的向往了。

我向小家伙们做了一个 20 分钟的演讲，向他们介绍了布朗运动，这个现象向人们展现了原子的存在。我还向他们介绍了著名的叙拉古

* 放松和弛豫的英文都是"relaxation"。——译者注

猜想。这个问题看似简单，8 岁孩童都能理解，但又如此艰深，世界上最卓越的数学家也会在它面前自认无能。

孩子们规规矩矩地在研究院大厅里听演讲，瞪着圆圆的大眼睛，盯着电脑屏幕上一张张显示布朗运动的惊人图片。在最后一排，一个大眼睛的金发男孩儿听得比任何人都投入。他来到这里才 4 个月，但是对他来说，听懂英语演讲已经没有任何困难了，尽管他爸爸操着浓重的法语口音。

此后，早上还剩余一些时间，午饭过后，我开始觉得脑子里云遮雾罩。需要清零的时刻到来了，很有必要休息一段时间。我称之为**重启**，这就像重新启动电脑，清空内存、重新开机。

我的耳畔依然回荡着孩子们沸反盈天的嘈杂声。僵硬的表情开始放松，而耳朵里的嗡嗡声却变得更大，支离破碎的话语掠过，一些片段更加突出，说话声与歌声交织在一起。我又想起了午餐、遗忘的勺子、欢迎仪式、尚未结冰的湖面、图书馆里的半身像、$3n+1$、$3n+2$、$3n+3$、地板和阴影、走丢了一个孩子……

突然，我的身体受到了一个小小的冲击，阴影散开了，我的意识又清晰起来。

我悄不作声，一队蚂蚁爬过我没穿鞋的脚面，我依然躺着。

我感觉不到双脚的存在了，它们变得非常沉重，根本无法挪动，就像穿着越野滑雪板的时候，一块讨厌的雪块黏在了脚后跟上一样。

然而，第一次移动就使我的脚神奇地恢复了知觉，我又完整了。休息结束，这仅仅是手表上的十分钟，但我仿佛脱胎换骨，成了一个新的数学家。

塞德里克　重启　完成

一个全新的塞德里克出现了。我再次沉浸于计算中，把头埋进朗道阻尼的论文中。我刚从图书馆里收集来的论文已经有半个世纪的历史了，但是至今仍旧没有过时。在停下来喝杯茶之前，又是两小时高强度的工作。

❦

叙拉古猜想，亦称为考拉兹猜想或 $3n+1$ 问题，是长久以来最著名的未解谜题之一。保罗·埃尔德什不就曾经声称，当代数学界还没有做好面对这类难题的准备么？

在网络搜索引擎上键入 $3n+1$，您很容易就能找到这个被诅咒的猜想：如此简单、如此迷人，就像一首流行歌曲的副歌。

从一个整数开始，无所谓奇偶性，比如我们取 38。

这是个偶数，将其除以 2，得到 19。

上一步得到的 19 是个奇数，把它乘以 3，再加上 1，得到 $19 \times 3 + 1 = 58$。

如此得到一个偶数，把它除以 2……

依此类推，我们按照以下规则由一个数确定下一个数：如果这一步我们得到的是偶数，就将它除以 2；如果得到的是奇数，就将它乘以 3 再加上 1。

在上面的例子中，我们从 38 出发将得到：19, 58, 29, 88, 44, 22, 11, 34, 17, 52, 26, 13, 40, 20, 10, 5, 16, 8, 4, 2, 1, 4, 2, 1, 4, 2, 1, 4, 2, 1, 4, 2, 1, 4, 2, 1…

当然，一旦得到 1，那么此后一定是 4, 2, 1, 4, 2, 1, 4, 2, 1 的无限循环。

有史以来，任何一次计算都最终得出了 4, 2, 1… 可不可以断定，对于任何给定的起始整数，通过上述计算最终都会得出这一循环？

　　当然，整数有无穷多个，我们不能逐一检验。如今，我们可以用计算器、计算机以及超级计算机检验数以十亿计的整数，结果是：我们最终都会陷入无法逃避的 4, 2, 1 循环。

　　每个人都可以尝试一下，证明这是否是一个一般性规律。人们猜测这个结论是正确的，但无法证明——这仅仅是个猜想。数学是民主的，任何一位能证明或证伪叙拉古猜想的人都会被众人敬为英雄。

　　当然，我是不会去尝试的。这个问题看起来难得吓人，况且，这也不是我的风格。我的头脑不是为了思考这类问题而准备的。

⤜⟡⤏

Date: Mon, 4 May 2009 17:25:09 -0500

From: Cedric Villani <Cedric.VILLANI@umpa.ens-lyon.fr>

To: Clement Mouhot <cmouhot@ceremade.dauphine.fr>

Subject: 巴克斯

这篇就是巴克斯的文章，来自 JMP 1960 (Vol.1 No.3，可惜，如果是 Vol.1 No.1 就更好了！)*。太棒了！看看巴克斯文章的倒数第二节，再看看此文的最后一句话！近几年，我没发现任何人在文章中明确地表达过这些疑虑，确实值得注意。

祝好，

塞德里克

*

---

* JMP 1960 指 1960 年出版的《数学物理学杂志》(*Journal of Mathematical Physics*)。——译者注

From: Clement Mouhot <cmouhot@ceremade.dauphine.fr>
To: Cedric Villani <Cedric.VILLANI@umpa.ens-lyon.fr>
Date: Sun, 10 May 2009 05:21:28 +0800
Subject: Re: 巴克斯

我在飞机上看了几眼巴克斯的这篇文章。的确很有意思，他已通过成丝现象看到了线性问题，以及依赖空间的背景项随时间增长的问题。并且，从更一般的角度来说，与那些朗道阻尼的"标准"论文相比，此文严谨得多……应该把它作为一篇参考文献。尤其是第 190 页数值分析的相关讨论，以及他对在线性情况下研究的结论在非线性情况下是否成立的担忧。何况，这同我们在引言中描述的一个概念性困难恰好契合。

祝好，
克莱蒙

31

普林斯顿，2009 年 5 月一个美丽的夜晚

5 月的高等研究院，杂花生树，好一派春色。

夜幕刚刚垂下，我独自一人徜徉在暮色中，细细观看斑驳的阴影，品味这份宁静，吮吸带着甜香的空气。

在高等师范学院上学时，我就很喜欢在晚上到学校昏暗的走廊里散步，看一缕缕光线从一扇扇门下透出来，仿佛从潜艇的舷窗中透进来的一道道泛着冷光的波浪，就像凡尔纳在小说里描写的那样。

但是，这里的风光无与伦比。微风吹拂的草地也被投上了光。这些光并非来自人类文明，而是拜大自然所赐，来自萤火虫，还有天上不计其数的繁星。

啊，我想起来了 …… 我曾读到过一篇论文，作者将朗道阻尼理论应用于萤火虫闪烁的荧光上。

塞德里克，暂时放下朗道阻尼吧，拜托！你在这个课题上已经耗费了多少个日日夜夜。不要再想任何问题了，尽情享受美丽的荧光吧。

瞧，是谁这么晚了也还在这里散步？我认识这个身影 …… 嘿！这是弗拉基米尔·沃沃斯基，这位俄罗斯数学家是他这一代人中最耀眼的明星之一，他也是 2002 年菲尔茨奖得主，格罗滕迪克的精神传人之一。在普林斯顿的傍晚，这算是难得的巧遇吧。

沃沃斯基也在散步，这样走着，走着，漫无目的地走着，为了呼吸新鲜空气，就像雷·布拉德伯里笔下的那位行人一样。

弗拉基米尔·沃沃斯基（1966—　　）

我们交谈了一会儿。沃沃斯基恐怕是与我的研究方向相差最遥远的数学家。我对他的研究领域一窍不通，而他估计也是这样想吧。所以，沃沃斯基没有努力给我讲解自己的工作，而是跟我谈了谈他的梦想。那是一个一直以来让他无比痴迷、不惜全力以赴的研究课题——专家系统（langages experts）和自动定理证明。

他还谈起著名的"四色定理"，这一定理由最终借助计算机而非通过人类之力得以证明，因而备受争议。最近，法国国家信息与自动化研究所（INRIA）的科学家们借助 Coq 软件重做了一个新证明。

沃沃斯基认为，在不远的将来，计算机软件能够检查卷帙浩繁的数学证明的正确性。他说，其实在法国，人们已经开始利用软件对一些著名的数学结论进行检验了。一开始，我对他的话将信将疑。然而，我面前站着的毕竟不是一个失心疯患者，而是一位顶尖科学家，我应该将他的话当作一个严肃的论断接受下来。

我从来没有接触过这类问题，而且基本上没有使用过算法。匹配算法（二分图匹配算法）、单纯形法和拍卖算法在最优输运问题的数值模拟中都扮演着重要角色，而我恰恰是最优输运领域的专家。但是，沃沃斯基跟我谈及的问题却属于一个迥然不同的思维范畴。这里面有如此之多的谜题等待研究，不禁让人兴趣盎然。

花朵、语言、四色、融合……奇妙的元素构成一首美妙的歌曲。是否已有人谱写过这支歌？

1850 年左右，数学家弗朗西斯·格思里尝试给英格兰分郡地图着色，希望保证共享边界的两个郡被涂成不同颜色。如此一来，一共需要几种颜色？

格思里发现，其实 4 种颜色就够了。他进一步猜测，也许对于任何一张地图，都仅需要 4 种颜色。当然，这要排除某些国家由两片（及以上）不连通国土构成的情况。

3 种颜色肯定不够。大家可以用南美洲地图试一试：巴西、阿根廷、玻利维亚和巴拉圭 4 个国家各自都与另外 3 个国家接壤，所以至少需要 4 种不同颜色。

但是，4 种颜色也就足够了。大家可以用自己喜欢的地图来检验这一结论。不过，您还可以用很多别的例子来尝试。但是，如何证明这一结论对所有地图都适用呢？我们无法把无穷多的地图都拿来检验一遍！所以，需要一个逻辑推理来证明，可这非常不容易。

在 1879 年，一个叫肯普的人认为自己成功证明了这个结果，但他的证明有错误，只能证明出用 5 种颜色着色是足够的。

让我们一步一步来。对于一张只包含 4 个国家的地图，我们知道该怎么做。从这里出发，包含 5 个国家的地图也容易处理。然后是 6 个国家。然而，我们能否一直这样推演下去？

假设我们知道如何给一张含有 1000 个国家的地图着色，并进一步希望给一张含有 1001 个国家的地图着色，该如何做？第一步，我们先证明在这 1001 个国家中，至少存在一个国家只有很少的几个邻国，比如最多只有 5 个邻国。接着，我们只关注这个国家及其邻国，就会发现给它们着色很容易。然后，我们可以像征服者那样将这一组国家随意兼并、重新组合。这样，就得到了一个少于 1000 个国家组成的地图。而我们已经知道如何为这张新地图着色。这是个好主意 …… 但是，想把局部染色图和整体染色图连接起来并不是一件容易的事情，需要考虑非常多的情况 —— 有上百万甚至数亿种可能性！

1976 年，阿佩尔与哈肯对一千多种构形加以检验，为此，他们借助了一款计算机软件。在两个月时间内，计算机一个接一个地检验了所有构形，最终得出结论：4 种颜色总是足够的。就这样，阿佩尔和哈肯解决了一个有着上百年历史的猜想。

面对这一证明，数学界分成了泾渭分明的两派。计算机是否抹杀了人类的思维？把问题丢给用硅和集成电路板构成的家伙，人们是否真正理解它完成的证明？阿佩尔 – 哈肯的支持派与反对派都无法说服对方接受自己的观点。

人们围绕这个话题开始了无休无止的论战。而我们要直接跳回法国，穿越到新千年伊始的法国国家信息与自动化研究所。乔治·贡捷既是计算机验证数学证明领域的专家，也是这家专门从事信息与计算科学研究的研究所的科研人员之一。当阿佩尔与哈肯成为热门人物时，该领域的几位理论梦想家已经开始在欧洲大展宏图。这些计算机语言验证一个数学证明正确性的方法就像有人一根树枝、一根树枝地检查一棵树是否坚固 —— 想象一棵包含推理机能的逻辑之树，能够像拼写校对器一样自动地执行验证工作。

拼写校对器只关注每个词是不是拼写正确，而证明检验软件必须验证所有对象是否都相互吻合，以确保一切推理都正确。

在本亚明·维尔纳的帮助下，贡捷决定投身到四色定理的证明工作中，他使用的计算机软件叫做"Coq"，以纪念其开发者蒂埃里·科康。与阿佩尔与哈肯使用的程序不同，Coq 软件的正确性得到了保证：人们确认这个软件不会出错。并且，Coq 软件并不做真正意义上的计算，而只根据人类赋予它的算法自动生成证明。贡捷通过该软件将证明过程以"可读"形式写出来，由此得到了简单、有效、漂亮的结果！在这个证明中，0.2% 的内容由人类完成，剩下的 99.8% 由机器补

充 —— 但这 0.2% 的人类贡献才是关键。至于 Coq 软件完成的部分，我们大可放心，它绝不会出错。

贡捷及其同事的工作预示着，在不久的将来，计算机软件将具备对复杂程序进行自动检验的功能，从而掌控火箭发射、飞机飞行或管理个人电脑微处理器的运行。30 年前，这还只是一个美好的幻想，而如今已成为造价上百万欧元的项目。

现在，不知疲倦的贡捷有了更加雄心勃勃的计划：验证有限单群分类定理，这些定理的证明皆属于 20 世纪最长的证明。

巴别塔（节选）

—— 居伊·贝亚尔

错喊一个词

引爆大争端

搅动全世界

硝烟遮住天

空口漂亮话

不能止征伐

剥下的皮肤

卖去做战鼓

能否有一天

世上诸语言

皆来谈花朵

四色融一体

你能否理解

这些爱之语

我将等着你
就在巴别塔

漫长等待中，该隐总会杀死亚伯
但我已亲手建起了巴别塔

32

普林斯顿，2009 年 6 月 26 日

这是我在普林斯顿的最后一天。过去的几周总在下雨，雨水多得让人想骂街。但是今晚，云开雨住，我又可以散步了。萤火虫将巨大的树木装点成梦幻般的圣诞树，树上仿佛有数不清的蜡烛在闪闪发光。这里有巨大的蘑菇、一闪而过的野兔、在夜色中偶尔隐现出轮廓的狐狸，还有四处游荡的鹿，叫声能吓人一跳。

在过去的这段时间中，朗道阻尼的前沿研究已告一段落！终于，我们成功构建起了全部证明，并校验了所有细节。当我们将论文公布在互联网上的时候，心情真是无比激动！而且，我们最终成功地处理了零模式。克莱蒙发现，可以通过我从自然史博物馆回来后发现的技巧——也就是双时间平移，来彻底解决这个问题。但我们暂时没有意愿处理它，而且，觉得这个技巧或许能用来解决其他问题，所以先将其束之高阁……如果有必要，我们随时可以将其简化。

我在很多场合宣讲了结果，每次报告的表达方式和结果都较上一次有所改进。如今，我们的结果已经非常可靠，可谓日臻完善。当然，我们任何时候都可能在这里或那里再次发现一些错误。但目前为止，各部分都衔接得天衣无缝，我信心十足，即使出现漏洞也没关系，我们肯定能把它修补起来。

在普林斯顿等离子体研究所，我在一群物理学家面前作了两个小时的报告，此后我有幸受邀参观他们的实验设施和实验室。在这里，人们努力破解等离子体的奥秘，尝试使核聚变变得可控 —— 谁知道呢？

在明尼阿波利斯，我的报告给弗拉基米尔·斯维拉克留下深刻印象。我对这位数学家抱有深深的敬意，他是全世界对神秘的拟凸性概念理解得最深刻的人，同时也是纳维－斯托克斯方程正则性理论的顶尖专家之一。他热情洋溢的话让我对自己更加有信心。

同时，我在明尼阿波利斯取得了另一项成就：我的同事马库斯·基尔年幼的女儿有一头闪亮的金发，小姑娘非常腼腆，却喜欢在研讨会的聚餐上同我一起玩耍。我们一边吃烤肉卷，一边放声大笑。在马库斯的印象中，女儿从来不同陌生人讲话，更不用说同一个外国人如此友好地相处了。

在罗格斯大学，不知疲倦的乔尔组织了一次统计物理学研讨会，我又受邀作了一次报告。与上一次完全不同的是，这回我宣讲的结果完全经得起考验。

在普林斯顿，我为几乎满满一个大厅的姑娘们作了报告。她们都是来参加"数学界的女性"（Women in Mathematics）系列活动。年轻的女数学家们荟萃一堂，希望用自己的实际行动来驱除"数学世界由男性主导"的诅咒 —— 在数学界，尽管性别失衡现象不如在计算机科学或电子工程领域那样夸张，但问题确实客观存在。或许，在她们之中会诞生几代人期待已久的伟大女数学家。她们将成为下一个索菲娅·柯瓦列夫斯卡娅、埃米·诺特、奥尔加·奥莱尼克或奥尔加·拉德任斯卡娅。涌入校园的年轻姑娘们为这里带来了一股清新的气息，直到当天黄昏还能见到她们三五成群地在清新的晚风中散步。

昨晚，全家一起向高尔夫球场说再见。每当参加研讨会回来，我是多么喜欢穿越球场，走在小火车站通向高等研究院的小路上。夜幕降临之后，独自走在球场上，头顶的月光将沙丘照得如魔幻般的波

浪 …… 孩子们郑重地在这片土地上埋下珍贵的宝藏 —— 自来到此地之后，他们收集到的散落四处的高尔夫球。而今已经过去了 6 个月！

在普林斯顿的这段日子里，我在数学上一直保持着良好的工作状态。解决了朗道阻尼问题之后，我转向另一个大课题，同我合作的是卢多维克和阿莱西奥。就像预先设计好了似的，我们成功跨越了所有障碍，一切就像施了魔法般顺利。的确，能够将 15 项配成一个完全平方的非凡计算，这也算一个奇迹吧。而且，我们借此证明出一个与预期结果刚好相反的结果，简直又是一个意外之喜！关于朗道阻尼，依然遗留了一些问题：在静电力或引力的相互作用下，也就是在最有意义的情况下，我们只证明了在大时间尺度上有衰减，但没能证明无限长时间的情况。正是因为被卡在这里，关于正则性的研究也受到阻碍，我们也无法将理论推广到非解析框架下。每当我结束报告时，经常被问及以下两个问题：**在库伦相互作用或牛顿相互作用的情况下，在无限长时间上是否依然有衰减？我们能否去掉解析条件假设？** 每次我都回答说，律师不在场，我拒绝发表意见，我确实不知道这到底是一个更深层的问题，还是仅仅因为我们的方法还不够精妙。

啊，来了一位像我一样独自漫步的女数学家，她希望能同我一起走走。她曾经听过我关于最优输运的报告，这是开始聊天的一个好话题，我们二人将在普林斯顿柔美的夜色中讨论数学问题。

散步结束，我得回高等研究院了。办公室已被搬空，只留着一叠草稿纸。就是在那叠厚厚的纸上，我日复一日地涂写着所有失败或成功的尝试。里面还有论文的各个中间版本，我每次都认真写下草稿，一张不落地打印出来，再疯狂地修改。

我本打算将这一大摞草稿带走，又怕太过沉重，无法带上飞机。我们的行李已经够多了！所以，只好扔了它们 ……

年轻的女数学家看到我凝视着一大堆草稿的神情，立刻明白了我的不舍之意，这些草稿已被注入太多感情。于是，她帮我将所有稿纸都狠狠扔进纸篓中。

其实，我们只能将稿纸堆在纸篓四周，如果真的要装，恐怕至少得要四个纸篓！

好了，我在普林斯顿的生活这下真的结束了。

❧❧❧❧❧

我曾在很长时间里思考各种年轻女数学家集会的意义何在，但始终未能理解……直到 2009 年，我作为报告者亲自参与了普林斯顿高等研究院每年举办的"数学界的女性"系列活动。会议上洋溢的活力与热烈氛围给我留下了深刻印象。我希望在此次"第九届庞加莱研究所青年女性数学家论坛"上，各位能在轻松活跃而又奋发上进的气氛中展开研讨。欢迎你们来到"女数学家之家"！

——庞加莱研究所所长在"青年女性数学家论坛"上致欢迎辞

2009 年 11 月 6 日

❧ 33 ❧

回到阔别已久的故乡，感觉很奇怪。

去市场采购之前，我们感觉不到自己真的已经回来了。在市场里，我们再次看到那些熟悉的商铺，选择自己喜欢的面包和奶酪，惊讶地意识到周围的人居然都讲法语。喝到生乳的时候，我简直热泪盈眶，这可是 6 个月来的头一杯啊。更别提松软的拖鞋面包和松脆的长棍面包了。

我又重新找回熟悉的环境，但一切已经跟离开的时候不一样了。当然，在我们离开的这段时间里，公寓进行了大翻修，我们几乎认不出自己的屋子了 …… 但这并不重要。重要的是，我从内而外经历了一次升华。在普林斯顿完成的工作使我不同以往，就好比一位登山运动员，当他再回到山脚下的时候，脑海里依然满是登高远望时发现的风景。6 个月前，我有幸抓住这个机会，彻底改观了自己的学术生涯，登上了不曾企及的高峰。

在 20 世纪 50 年代，科学界掀起了一场革命。人们意识到，如果想要研究的系统包含太多可能性，比起规规矩矩地将可能性逐个进行分析，或彻底凭借偶然性进行连续抽样，随机移动的方法往往更有效。这种方法从前叫做"黑斯廷斯－大都会"算法，如今发展成"马尔可夫蒙特卡洛方法"（MCMC）。该理论在物理学、化学、生物学上的应用展现出超乎寻常的高效率，至今没人能解释清楚这一现象。这既不是一个具有确定性的方法，也不是一个完全偶然的方法，而是一种随机游走。

但实际上，这种方法并不新鲜，我们在生活中会碰到同样的情况：貌似随意地从一个状态来到另一个状态，人们会发现如此之多的可能性，好比一位科研工作者随着际遇改变自己的研究领域一样。

一切归位，一切重新开始。所有东西都已装进纸箱，一会儿搬家工人就会把这些熟悉的东西都搬走：那个日式床垫，我母亲在尝试之后将它比作钢筋混凝土；组合音响已经用了 15 年，真不愧是一个高质量品牌；上百张 CD 光盘，几乎侵吞了我在巴黎高师时的全部工资；还有那些收集来的盒式磁带和二手黑胶唱片；一张双人实木办公桌，几个老式书柜里堆满了数不清的书；沉重的沙发由一整块实木制成，是我从伦敦带回来的；从德龙省买来的雕刻品；我祖父的画⋯⋯所有一切都将陪伴我开启一段新的冒险旅程。三天之后，我将就任巴黎庞加莱研究所所长一职。我的前任将于 6 月 30 日腾出办公室，而我将在 7 月 1 日搬进去。我需要实地学习如何开展工作。生命中崭新的篇章即将拉开序幕。

这是我全新的一步，马尔可夫蒙特卡洛式的一步。

❦❧❦

在经历了 70 到 80 年代的空白期之后，"数学之家"—— 庞加莱研究所于 1990 年正式重生。政府和皮埃尔与玛丽·居里大学签订了为期四年的合约，借此给予了丰厚的资助，用以重建庞加莱研究所。新研究所的管理工作由大学负责，同时还得到了法国国家科学研究中心的支持。

　　数学家皮埃尔·格里斯瓦尔负责指导新机构的重建。令人叹惋的是，1994 年，在法国科学与高等教育部主办的官方落成仪式之前几个月，格里斯瓦尔却过早离开了人世。来自皮埃尔与玛丽·居里大学的约瑟夫·奥斯达利接替了他的职位。之后在 1999 年，德尼·狄德罗大学的米歇尔·布鲁埃接任。此后，里昂高等师范学院的塞德里克·维拉尼于 2009 年接任。

—— 庞加莱研究所简介摘要

❧ 34 ❧

布拉格, 2009 年 8 月 4 日

布拉格，欧洲名副其实的神话之城。当我在大街小巷里穿行时，脑海里回荡着魔像的传说和丹妮尔·梅西娅吟唱的《大战之前》，回想着漫画大师罗伯特·克鲁伯与传记作家大卫·赞恩·麦洛维茨合著的《卡夫卡》。路边，千年钟表一分一秒地走着，酒吧里衣着轻薄的舞女翩翩起舞，戴着恶魔犄角、穿着超人斗篷的学生们也准备去夜店狂欢。

几周前，在德国奥博沃尔法赫，路人们总是睁大双眼惊奇地打量我的装束。而在布拉格，我这身穿着打扮和普通的会计师没什么区别。

昨天，同名机构组织的"国际数学物理学大会"开幕式在此举行。在一个盛大的仪式上，我们一共四人荣获了"庞加莱奖"。毫无疑问，这是国际数学物理学界的最高荣誉。除了奥地利人罗伯特·塞林格之外 —— 他同我一样都算年轻后辈，获奖者中还有瑞士人于尔格·弗勒利希和俄罗斯人雅科夫·西奈。在场的量子力学、经典力学、统计物理学和动力系统领域专家彼此都是朋友。而远见卓识的乔尔·莱博维奇早将这群人全都聘入自己的《统计物理学期刊》（*Journal of Statistical Physics*）编委会。我也非常荣幸地成为了他们中的一员。

由于荣获庞加莱奖，我有机会在全会上作一次报告，但这并不在最初的计划之中。尽管此次凭借在玻尔兹曼方程方面的研究而获奖，但我还是决定在报告会上讲述朗道阻尼。这真是展示我最新成果的天赐良机！再也无法找到比台下这群数学家和物理学家更好的听众了。

报告开始前三分钟，我的心砰砰直跳，肾上腺素涌入了血管。当我开始演讲时，心情又平复下来，恢复了自信。

"我刚刚被委任为庞加莱研究所所长，在这一时刻有幸获得庞加莱奖，无疑是个巧合。但我喜欢这个巧合 ……"

报告经过了仔细地准备，因此进展十分顺利。我精准地在预计时间内结束了报告。

"…… 作为结束，我想再提一个美妙的巧合！为了处理牛顿相互作用的奇异性，我们需要充分发挥牛顿迭代格式的威力。牛顿应该为此感到骄傲！这无疑是个巧合，但我喜欢这个巧合。"

听众反响非常热烈，我在一些人的眼神里看到了惊讶与赞赏、不安与怀疑 —— 应该承认，证明确实有点惊人，连我自己都为之惊讶！在我演讲之前，几位年轻的布拉格姑娘并没有怎么注意我，但在演讲之后，她们的态度就全变了。她们涌向我，夸赞报告清晰明了，其中一位还激动地用法语断断续续背出了一段溢美之词。

当然，那些老问题再次被提出，永远都是一样的问题 —— 能否去掉解析正则性条件？对于牛顿相互作用，能否处理无穷长时间的情况？但这些问题没有让我的葡萄牙朋友让 - 克洛德·赞布里尼感到担忧。在报告结束时，他悄悄地对我说："既然你抓住了各种巧合，那么塞德里克，现在让我们祝愿你能收到菲尔茨研究所的邀请吧！"

菲尔茨研究所跟菲尔茨奖的颁发没有任何关系，这是一家位于多伦多的研究所，经常举办各种数学学术会议。

我同让 - 克洛德相互打趣。但仅在一个半月之后，纯粹出于巧合，邀请不期而至。

Date: Tue, 22 Sep 2009 16:10:51 -0400 (EDT)

From: Robert McCann <mccann@math.toronto.edu>

To: Cedric Villani <Cedric.VILLANI@umpa.ens-lyon.fr>

Subject: 2010 年 菲尔茨

亲爱的塞德里克，

明年秋天，我将负责组织一个"几何概率与最优输运"项目组，时间是 11 月 1 日至 5 日。该项目组是菲尔茨研究所半年计划"渐进几何分析"项目的一部分。

我们诚邀你前来参加，并负责你的一切开销，希望你能出席。并且，我想知道你有没有兴趣和可能性在多伦多菲尔茨研究所做一个长期访问，如果你愿意来，我们将为你争取更好的条件。

静候答复。

罗伯特

❧ 35 ❧

纽约，2009 年 10 月 23 日

在法国，孩子们亲眼见到了他们的叔叔徒手捕获的小野猪。我也很想看看！但是，我更想利用这段假期进行一次行色匆匆的美国之旅。短短几天之内，我在这个国度来回穿梭。我造访了波士顿，访问了麻省理工学院 —— 完全踏着维纳与纳什的足迹 —— 之后是哈佛大学。现在，我又身处纽约。我安慰自己道：一回到法国，我就要去看看那只小野猪，牵着它去树林里散步。

这天晚上，我打开电子邮箱。一封来自《数学学报》的邮件让我心跳加速。在数学领域中，这是一份被公认为最负盛名的学术期刊。我和克莱蒙那篇长达 180 页的"巨著"正是投到了这份期刊。毫无疑问，期刊此番来信和投稿有关。

但是，我们提交论文至今还不到 4 个月！考虑到论文的长度，这点时间应该不够审稿人反馈意见，再由编辑做出刊发决定。那么唯一的解释就是：期刊来信通知，我们的论文被拒绝发表了。

我打开邮件，一目十行地看完内容，满怀忐忑地仔细阅读了评审人的意见书，然后紧闭双唇又从头到尾读了一遍。一共有 6 份评审意见，总体上对论文给出了积极评价。但还是老问题 …… 他们对解析条件的假设表示疑虑，此外就是大时间尺度的极限情况。这两个问题，我在历次报告会上已经回答了十几遍，现在又导致论文被拒！期刊编辑认为这不是一个有决定性的重大结论，而且，由于论文具有超长的篇幅，审核过程必然比一般情况更为严格。

这太不公平了！他们怎能无视文章中的革命性内容，忽略我们开辟的全新领域？我们克服了如此之多的技术性困难，为此通宵达旦地工作……难道这一切对他们来说还不够么？我真的很痛心！瞧，又来了一封邮件……信里通知我刚刚获得了费马奖。这一数学奖以法国数学家皮埃尔·德·费马命名。在17世纪，这位业余数学王子曾经用自己的数学谜题让全欧洲为之疯狂。他革新了数论、变分法计算和概率计算。费马奖每两年颁发给一位或两位年龄不超过45岁且在上述领域做出卓越贡献的数学家。

获奖消息让我心里多少得到一点安慰，但仍然无法抚平论文被拒带来的挫败感和沮丧心情。或许，我需要一个大大的拥抱才能治愈此刻受伤的心灵。

⌘

1882年，瑞典数学家哥斯塔·米塔－列夫勒成功说服了他的北欧同事们一起在斯堪的纳维亚地区创办一份数学期刊，专门用来刊载最高水准的研究成果。这就是《数学学报》（*Acta Mathematica*）的来历，而米塔－列夫勒也成为了期刊主编。

米塔－列夫勒与世界上最著名的数学家们交往频繁，再加上他一流的评判能力和过人的胆识，这份期刊很快吸引了当时最优秀的数学论文。在期刊的特约作者中，米塔－列夫勒最偏爱的无疑是总能出人意表的天才——亨利·庞加莱，对于他的长篇革命性论文，米塔－列夫勒从来都毫不犹豫地予以刊发。

这份期刊最有名的一个轶闻就与庞加莱有关，这也是庞加莱科研

亨利·庞加莱（1854—1912）与哥斯塔·米塔-列夫勒（1846—1927）

生涯中最著名的插曲之一。在米塔-列夫勒的建议下，瑞典国王奥斯卡二世组织了一场盛大的数学竞赛。参赛者要从一份简短的问题清单中选取一个课题进行解答。庞加莱接受了挑战，并选择了太阳系稳定性问题。这一课题从牛顿时代开始就悬而未决。事实上，牛顿虽然写出了刻画太阳系行星运动的方程组（各行星被太阳吸引，同时彼此之间也相互吸引），却没能从这些方程推出太阳系的稳定性，或得出相反结论，揭示太阳系不可避免的灾难——比如两颗行星相撞，谁知道呢？在数学物理学领域，太阳系的稳定性问题已众所周知。

牛顿认为这一体系具有内禀不稳定性，我们所观察到的稳定性乃是拜某种神秘力量所赐。但晚些时候，拉普拉斯、勒让德和高斯先后证明了牛顿系统在大时间尺度上是稳定的，也许是一百万年，反正比牛顿预想的时间要长得多。这是人类有史以来第一次，在远超观测记录的时间尺度上对星体运动进行定量预言！

然而，问题始终摆在那里：在这个大尺度的时间段之后，灾难是否会降临？如果我们等待不止一百万年，而是数亿年，火星和地球会不会有碰撞的危险？在这个特殊问题的背后隐藏着更加深刻的一般性物理学问题。

庞加莱没有考虑整个太阳系 —— 这实在太困难了！他设想了一个理想化的简化太阳系取而代之，仅包含两个围绕太阳运转的行星，且其中一个行星远远小于另一个。这好比，我们忽略在太阳系中除木星和地球之外的所有其他行星……庞加莱对这个经过提炼的问题进行了研究，并对其进一步简化，直击问题核心。在此过程中，他发明了诸多新方法，证明了简化的太阳系是永远稳定的！

凭借这一发现，庞加莱名震四海，夺得了奥斯卡国王的奖赏。

获胜论文将被刊载在《数学学报》上。但是，负责编辑这篇论文的助理无法读懂庞加莱的解答中一些不甚清楚的片段。这实在是再平常不过的事了：全世界都知道，在清晰表述方面，庞加莱可不是个好榜样。于是，编辑将自己的疑问告知了这位法国数学巨匠。

但是，当庞加莱在自己的证明中发现了一个严重错误的时候，论文已经发表了！补发一篇勘误不足以解决问题，因为论文的结果已被彻底颠覆。

趁人们还没有发现错误之前，米塔 - 列夫勒镇定自若地将已发出的期刊以无关紧要的借口一份一份地召回。他将所有印本几乎无一例外地全部收回、销毁。庞加莱自己负担了一切费用 —— 他在这件事上的花费比奥斯卡国王颁发的奖金还多！

故事讲到这儿开始变得异常精彩。庞加莱将自己的错误变为研究基础，不但成功地重建了一切，而且修改了结论，最终发现自己证明了与之前正好相反的结论：不稳定性竟然是有可能的！

修改、重新出版，这篇论文成了动力系统理论的基石。如今，全球数以千计的科研人员在这个领域工作。混沌理论、蝴蝶效应，所有问题都发轫于庞加莱的这篇论文。而对于《数学学报》来讲，原本一场灾难就这样转变成一项辉煌的成就。

随后，期刊的声誉步步高升，成为最负盛名的期刊之一，或者说，它就是世界上最有分量的期刊。现在，如果谁有机会在这份每年仅出一期、每期六百页的期刊上发表一篇文章，他基本上就不用为自己在数学界的前途担忧了。

庞加莱于 1912 年辞世后，法国人为他举办了民族英雄式的葬礼。1916 年，人们把米塔－列夫勒的家改建成一座国际性研究中心。来自世界各地的数学家可以聚集于此，一起讨论和思考各种前沿问题。这就是开数学研究所之先河的米塔－列夫勒研究所，直到今天，研究所依然十分活跃。1928 年，人们在巴黎开设了第二所类似机构，旨在开展国际学术交流、展示顶级学术成果 —— 这就是庞加莱研究所。

❧ 36 ❧

我待在安娜堡的一家旅馆的房间里。几天来，我访问了密歇根大学，不少一流数学家在这所规模庞大的大学里供职。

《数学学报》的拒稿让克莱蒙非常气馁，他希望说服期刊改变退稿的决定，向编辑解释为什么我们的结果具有原创性和重要性，尽管这其中还有一个尚不清楚的小问题……

但是，我比他更了解这些久负盛名的期刊。我自己就是《数学新进展》（*Inventiones Mathematicae*）的编辑 —— 这是一份可与《数学学报》分庭抗礼的期刊。所以我很清楚，对于递交来的稿件，我的审查有多么铁面无私、不近人情。而《数学学报》的编辑只会比我更加严苛。根本不要指望能感化他们，除非我们能证明某个评审意见怀有恶意（但是没有任何证据显示这一点），或者向他们提交含有新内容的修正版。

还有一个办法，就是把这篇超长的论文一分为二，这样更容易发表。但这种做法令我反感……所以暂时不做考虑。

我在安娜堡的报告一帆风顺。但是，人们仍旧向我提出那两个老问题。我同杰夫·劳赫进行了讨论。他是偏微分方程界的专家，长期同法国数学家保持合作。对于我们的结果在无穷大时间不成立这件事，

杰夫·劳赫

杰夫并不感到意外，但他不喜欢这个解析条件假设。当然，有人或许会觉得在无穷大时间不成立这件事更严重，而不太在意解析条件。这样一来，我也就觉得无所谓了。但是我相信杰夫的判断，他的评论让我心绪不宁。为此，今晚，我要在纸上摸索一个论证方法，试图向他论证我们的证明已几近最优，无法再改进。这个论证不仅仅用来说服杰夫，也用来说服我自己。

时间一分一秒地过去，我坐在旅馆的床上，不停地涂涂写写，但怎么都无法说服自己。如果我连自己都说服不了，那就更别指望能说服杰夫了！

"我是不是想错了？我的估计会不会太粗糙了？可是在这里并没有损失……那里，如果我搞错了什么，就会是一团糟……这里已经是最优了……那里的简化只是做了改进，除非出了什么离奇的意外……"

我就像一位自行车运动员，在自己的车链上寻找那最薄弱的一环。我又读了全部证明，检查每一步是否做到足够精确。

在这儿吗？！就是这儿！我恐怕忽略得太多。

但要怎么处理呢？

"见鬼，这是什么意思？我当初没发现这些模式是彼此分散的，所以先取极大范数再求和是不是太粗糙了？如果我在这里先求和，再控制和的极大范数，显然这是一个损失！好吧，这个问题确实被复杂的技巧淹没了……"

我暗暗抱怨，重新开始思索。

"这些模式彼此分散，权会发生变化，如果我从全局角度看这个问题，会丢失一些奇特的东西！所以，应该分别估计它们！"

灵感来了，我从床上拿起铅笔，一跃而起，在房间里兴奋地走来走去，手中拿着草稿纸，眼睛盯着上面充满魔力的式子。论文的命运迎来了一个新转机。这不仅仅是修正一个错误，而是对结果加以改进。

"怎么利用这个想法？"

我还不太清楚，但箭已在弦上，注定要大干一场了。终于，我们找到一个线索，用来答复那两个没完没了的异议。

2010 年吕米尼国际数学会议中心

暑期学校讲授的朗道阻尼相关课程讲义（节选）

既然 $\gamma = 1$ 是最令人感兴趣的情况，我们很可能会误认为在这里遇到了极大的困难。但这只是个假象：通过模式分离逐一估计，而不是企图寻找一个整体范数估计，我们可以得到一个精确得多的估计。也就是说，如果令

$$\varphi_k(t) = e^{2\pi(\lambda t + \mu)|k|} \left|\widehat{\rho}(t, k)\right|,$$

那么，我们会得到一个形如

$$\varphi_k(t) \leqslant a_k(t) + \frac{ct}{(k+1)^{\gamma+1}} \varphi_{k+1}\left(\frac{kt}{k+1}\right). \tag{7.15}$$

再假设 $a_k(t) = O(e^{-ak}e^{-2\pi\lambda|k|t})$。首先，我们通过假设以下关系来简化时间依赖，

$$A_k(t) = a_k(t)e^{2\pi\lambda|k|t}, \quad \Phi_k(t) = \varphi_k(t)e^{2\pi\lambda|k|t}.$$

则 (7.15) 可以写成

$$\Phi_k(t) \leqslant A_k(t) + \frac{ct}{(k+1)^{\gamma+1}} \Phi_{k+1}\left(\frac{kt}{k+1}\right). \tag{7.16}$$

最后一项指数的正确性由 $(k+1)(kt/(k+1)) = kt$ 保证。现在，如果我们有一个对 $\Phi_k(t)$ 的低于指数阶估计，这将导出 $\varphi_k(t)$ 的一个指数衰减。

我们再次从幂级数角度来看，假设 A_k 对时间是常数，且当 $k \to \infty$ 时，以 e^{-ak} 速度衰减。我们假设 $\Phi_k(t) = \sum_m a_{k,m} t^m$，其中 $a_{k,0} = e^{-ak}$。作为一个练习，读者可以自己通过双递归来建立对系数 $a_{k,m}$ 的估计，并得到：

$$a_{k,m} \leqslant \text{const.} \, A(ke^{-ak}) k^m c^m \frac{e^{-am}}{(m!)^{\gamma+2}},$$

从而

$$\Phi_k(t) \leqslant \text{const.} \, Ae^{(1-\alpha)(ckt)^\alpha}, \quad \forall \alpha < \frac{1}{\gamma+2}. \tag{7.17}$$

即使对于 $\gamma = 1$，这也是次指数的：事实上，我们利用以下事实，即不同 k 值对应的共鸣在渐进意义下对时间呈分散状态。

作为总结，由于相互作用的奇异性，我们可以预期，在收敛速度上有一个分数指数的损失：如果外力源的 k 模式以 $e^{-2\pi\lambda|k|t}$ 速度衰减，那么解的 k 模式 φ_k 的衰减速度为 $e^{-2\pi\lambda|k|t}e^{(c|k|t)^\alpha}$。更一般地，如果 k 模式的衰减速度与 $A(kt)$ 相同，那么可以期待 $\varphi_k(t)$ 以 $A(kt)e^{(c|k|t)^\alpha}$ 的速度衰减。然后，我们可以向前面那样将分数指数吸收到一个非常缓慢的指数衰减中，所付出的代价是一个非常大的常数：

$$e^{t^\alpha} \leqslant \exp\left(c\varepsilon^{-\frac{\alpha}{1-\alpha}}\right) e^{\varepsilon t}.$$

37

这个寂寂无名的机场是棕榈滩与普罗维登斯之间中转站。刚才的安检真麻烦。将身上的硬币都掏出来已是不易，更何况我还戴着袖扣和怀表，兜里还揣着一两个 U 盘和半打钢笔。

在棕榈滩，我参加了伊曼纽尔·米尔曼组织的研讨会，这才是美丽的生活啊！只需跨过几米的距离，人们就可以从城市来到海滩。大海就像一个盛满热水的浴缸。夜晚温度宜人，人烟稀少，甚至不用穿着游泳衣……真的就像在浴缸里一样！不过，这可是个广袤无垠的大浴缸，里面还附带波浪和柔软的沙子。而且这居然是在 11 月间！

但这一切都结束了。我回到了寒冷地带。飞机用超自然的高速飞行让一切转换得太快！

如果说，在棕榈滩停歇的几天中，我还有一两天能够忘掉朗道阻尼的话，那现在它又回来了，再次占据我的大脑。我开始明白如何通过在安娜堡获得的灵感改进所有内容。不可思议的结果就在眼前！我是否有足够的把握在普罗维登斯向大家公布这个想法？尽管现在它还不成熟。我会在那里见到郭岩，这个问题因他而起，所以，那将是一个非常重要的报告。

我开始在草稿纸上勾勒重要改进的轮廓，并重做计算。一样东西跳入我的视线：这里有什么地方不对，出现了一个矛盾。

"我不可能证明一个如此强的估计 ……"

几分钟之后，我开始相信在复杂的证明过程中，某个地方出现了错误。会不会从头到尾都不对了呢？机场仿佛开始围着我旋转。

我回复了平静。塞德里克，错误不会太严重。整体上来说，论文中的证明很可靠，错误应该仅限在局部，就在这一步之中。核心部分的双转移遮蔽了计算，使之晦涩不清。这个在时间上的双平移可是你从博物馆回来时引入的！但克莱蒙随后已经证明怎么克服它了！还是应该想办法删掉它，这太危险了 —— 在如此复杂的证明中，应该尽量去除不清楚的地方。

可是，如果不是我找到的这个双平移，我们将会被死死卡住。正是它带来了希望，让我们能够再次前进，尽管我们后来发现可以弃之不用。难道它最终竟是个错误？！这样一来，我们不得不重写所有内容，以避免引用这个结果。

眼下，我要研究一下怎么在普罗维登斯的报告上宣布这一结果。应该指出，我觉得已经找到了做出改进的入手点。这很重要，我终于能借此答复人们一直以来针对结果提出的那两点质疑 …… 但同时，这次既不能弄虚作假，也不能虚张声势！从棕榈滩到普罗维登斯，好一段跌宕起伏的旅途。

❦

西棕榈滩 – 普罗维登斯预定行程单

航班信息：2009 年 11 月 1 日　周日

　　　　　航程时间 6 小时 39 分钟

起飞：15:00

　　　西棕榈滩，PBI（美国，佛罗里达州）

到达：16:53

　　　夏洛特·道格拉斯（美国，北卡罗来纳州）

　　　全美航空 1476 航班　波音 737-400 经济舱

起飞：19:49

　　　夏洛特·道格拉斯（美国，北卡罗来纳州）

到达：21:39

　　　普罗维登斯 TF 格林（美国，罗德岛州）

　　　全美航空 828 航班　空中客车 A319 经济舱

库伦/牛顿（最有意义的情况）

布朗大学的报告（节选），2009 年 11 月 2 日

在证明中，库伦/牛顿相互作用和解析正则性**两者都是**关键。但是，**在指数阶大时间尺度上**，证明依然成立，因为：

- 可以期望的线性衰减具有指数阶速度；
- 可以期望的非线性增长是指数阶的；
- 牛顿迭代格式的收敛速度是双指数阶的。

现在，依然有可能通过利用**不同空间频率的共鸣在渐进意义下是彼此分散的**这一事实来得到进一步结果。

38

圣－雷米－莱谢夫勒斯，2009 年 11 月 29 日

周日早上，我坐在床上演算。在数学家的生活中，这真是一段幸运的时光。

我重读了论文的最后一个版本，删减、修改。几个月以来，我从未如此平静！我们重写了所有内容，去除了不可信的双转移。我们成功利用了渐进意义下共鸣在时间上的分散性，彻底改写了核心证明，将过去全局处理的模式改为一个模式接一个模式地研究，放宽了解析条件假设，加入了无穷长时间上的库伦相互作用 —— 众人对最后两点的批评一直不绝于耳 …… 彻底重做、化简一切、全部审读、从头改进、再次校对。

所有工作原本要花 3 个月时间，但我们凭着狂热的干劲儿，3 个星期就完成了。

在详细审读的过程中，我们不止一次地问自己，当时是怎么就找到这样或那样的技巧。

现在，结果比以前有了本质性改进。同时，我们在此过程中还解决了一个长久以来颇受郭岩等专家关注的问题，用专业术语来讲，这个问题叫做"齐性线性稳定非单调平衡态的轨道稳定性"。

我们加入了一些论证，同时做了一些化简。最后，论文的篇幅只

比原来稍微长一点。

新的数值模拟结果已经出来了。上周，我看到第一批结果的时候，不禁吓了一跳：弗朗西斯利用计算机和一种非常精细的算法所得出的结果似乎和我们的结论正好相反！但我没有为此不知所措，而是向弗朗西斯表达了自己的怀疑。之后，他采用另一种更精确的方法重做了一遍。这次出来的新结果同我们的理论结果十分吻合。看，这就是计算无法取代理论上定性讨论的原因。

明天，我们将在网上公布新版本。这周末，我们便可以向《数学学报》再次投稿，这次成功的几率就高多了。

此时，我不由自主地想起庞加莱。他最著名的结果之一也曾被《数学学报》拒绝，经过修改后最终发表。也许，同样的故事会在我身上重演？庞加莱，这个名字已经伴随我一年了，一年前我荣获庞加莱奖，现在我正担任庞加莱研究所所长⋯⋯

庞加莱，不错⋯⋯塞德里克，可不要变成狂妄自大的疯子。

巴黎, 2009 年 12 月 6 日

塞德里克·维拉尼

里昂高等师范学院 & 庞加莱研究所

皮埃尔与玛丽·居里路 11 号

F-75005, 巴黎, 法国

`cvillani@umpa.ens-lyon.fr`

致　约翰内斯·舍斯兰特德

《数学学报》编辑

IMB, 勃艮第大学

A. 萨瓦雷路 9 号, BP 47870

F-21078, 第戎, 法国

`johannes.sjostrand@u-bourgogne.fr`

向数学学报再次投稿

尊敬的舍斯兰特德教授：

继您在 10 月 23 日来信后，我们对论文进行了修改。现在，特此向您提交《关于朗道阻尼的研究》一文的新版本，还望此文能够被《数学学报》采用并刊载。

我们着重关注了此前诸位专家针对第一版所做出评审意见中表达的疑虑。此版本已经过大幅改进，我们相信，这些疑虑都被彻底解决了。

首先一点，或许也是最重要的一点，当前主要结果已可以处理库伦和牛顿位势。在解析框架下，这曾是我们的分析中唯一不清晰的情况。

无论在数学还是在物理学领域，解析条件是研究朗道阻尼问题的一个经典假设，因为这一假设对于指数阶收敛必不可少。但从另一个角度来讲，这个假设太强，第一版的一位审稿人就曾提出，我们的结果被限制在解析框架下。而新版本则不再如此，因为我们现在可以处理某些热夫雷类初始条件。

在第一版中，我们曾写道："除非发现新的稳定性效应，否则，没有理由相信引力相互作用在任何低于解析正则性的条件下具有非线性朗道阻尼。"而此后，我们恰恰找到了这种效应（不同频率的共鸣在渐进意义下彼此分离）。利用此效应，我们做出了上述重要改进。

作为推论，我们的结果现在包含了弗拉索夫－泊松方程齐性平衡态的稳定性，譬如在某些排斥力情况下非单调分布的稳定性（一个长期未决的问题），以及在引力情况下金斯线度以下的稳定性。

另一位评审专家对我们使用了非传统的函数空间这一点持保留意见。但是，这种情况仅仅出现在"工作范数"中，而在我们的假设条件和结论中出现的都是已被广为使用的简单范数。定理4.20给出了范数之间的过渡过程。

为加入上述改进，我们彻底重写了论文，并仔细进行了校对。为将论文篇幅控制在合理范围之内，我们删除了与主要结果不直接相关的所有推论和评论，余下的评注主要用来解释结果和方法。

最后，我想谈谈篇幅问题。我们乐于接受任何关于行文组织和调整的建议，同时我们想要指出，本论文所用数学工具的模块化表述方式或将有助于某些评审员们进行合作评审，从而减轻他们的工作量。

希望此文能够满足贵刊专业评审的要求。

顺致诚挚敬意

克莱蒙·穆奥与塞德里克·维拉尼

关于朗道阻尼的研究

克莱蒙·穆奥，塞德里克·维拉尼

摘要：在对朗道阻尼的研究中，如何突破线性化研究框架是一个长久未决的课题。在本文中，笔者将在解析正则性条件下建立指数阶朗道阻尼。不同于能量交换方法，我们将通过动力学变量和空间变量之间的正则性传递来重新表述衰减现象；我们的主要工具是相混合。在本文的分析中，我们将引入下列新要素：我们首先引入一系列解析范数，并通过与自由输运方程的解做比较来刻画正则性；其次是一系列新的泛函不等式；再次是对非线性共鸣的控制；接下来是一系列精细的散射估计；最后是一个新的牛顿逼近格式。本文的结果对于较牛顿或库伦位势更加正则的相互作用位势都成立，而极端情况则通过特殊技巧加以解决。作为一个副产品，我们将在较强假设下建立非线性弗拉索夫方程齐次平衡态的稳定性。同时，我们将指出上述整套理论与KAM理论的相似之处，并讨论其在物理学上的意义。

目　录

1. 引论：朗道阻尼   4
2. 主要结果   13
3. 线性阻尼   26
4. 解析范数   36
5. 散射估计   64
6. 双线性正则性与衰减估计   71
7. 对时间响应的控制   82
8. 逼近格式   114
9. （时间）局部迭代   120
10. （时间）全局迭代   125
11. 库伦/牛顿相互作用   158
12. （大尺度时间）收敛性   164
13. 非解析扰动   167
14. 推广以及反例   171
15. 朗道阻尼以外   178
附录   180
参考文献   182

关键词：朗道阻尼；等离子物理；星系动力学；弗拉索夫 – 泊松方程

美国数学学会主题分类：82C99（85A05，82D10）

39

圣－雷米－莱谢夫勒斯，2010 年 1 月 7 日

一起床，我立刻跑去查阅电子邮件，就像每天给自己的第一剂精神兴奋剂一样。

在众多新邮件中，我的学术伙伴洛朗·德维莱特在信中带来一个噩耗：我们共同的朋友卡洛·切尔奇纳尼去世了。

切尔奇纳尼的名字与玻尔兹曼密不可分。他将自己全部的职业生涯都奉献给了玻尔兹曼 —— 玻尔兹曼理论、玻尔兹曼方程及其所有应用。他写了三本该领域的经典工具书，而他在 1975 年出版的经典之作是我有生以来阅读的第一本研究类书籍。

除了对玻尔兹曼理论的执着，卡洛在其他很多领域也颇有建树。通过玻尔兹曼方程，他拓展出许多数学领域，或多或少都与他心爱的方程有关。

这是位满腹经纶、举止优雅、通晓多种语言的学者的爱好不仅限于科学。卡洛还创作过一部戏剧，写过一本诗集，翻译过荷马史诗。

我的第一个重要成果，或者说，至少是让我自己真正感到骄傲的第一个成果正与"切尔奇纳尼猜想"相关。当时我只有 24 岁，正是意气风发的年纪。朱塞佩·托斯卡尼邀请我去帕维亚。他向我透露了他试图证明这个著名猜想的思路，并建议我利用在帕维亚的几天时间

按这一思路试试看。仅仅用了几个小时，我就发现他那天真的想法不可能成功……然而在此过程中，我注意到了一个有趣的计算，一个"相当不错"的计算。这应该是一个意义重大的全新恒等式。从这个突破点出发，我提出了一个新思路。而我的数学生涯也自此一飞冲天。

我向朱塞佩展示了，如何将切尔奇纳尼关于玻尔兹曼方程中熵的产生问题转化为等离子体物理学中一个对于熵增的估计，而我刚巧同洛朗一起研究过这一问题。之后，我在其中加入了一些信息论，这个理论一直以来都让我热血沸腾。如果朱塞佩在我造访期间没有提出错误的思路，这个令人难以置信却又恰逢其时的巧合就不会出现了！我们距离解决猜想**仅差一步**。此后在图卢兹的一次学术会议上，我兴奋地向研究玻尔兹曼方程的顶级专家们介绍了这一结果。和很多人一样，卡洛也是通过这次机会认识了我。他难掩激动的心情，用颤抖的声音鼓舞我："塞德里克，来证明我的猜想吧！"

那年我 24 岁，这成了我早期的论文之一。而 5 年之后，我的第 24 篇论文又转回同一领域。当然，那时的我积累了更多的经验和技巧，最终成功证明了这个著名的猜想。卡洛为此感到万分自豪。

卡洛对我满怀信心，认为我能解决玻尔兹曼方程中遗留下来的那些最令人困扰，也是最重要的问题。这也是我的梦想。可是，我却毫无征兆地改变了研究方向，先是转向最优输运与几何，后是弗拉索夫方程和朗道阻尼。

我早晚会回到玻尔兹曼方程，在不久的将来。然而，即便我能达成心愿，也再不能兴奋而骄傲地向卡洛宣布：我驯服了他最钟爱的怪兽 —— 他为之献出了一切的事业。

❧❧❧❧❧

"切尔奇纳尼猜想"描述了熵与熵在气体中的产生机制之间的联

卡洛·切尔奇纳尼 (1939—2010)

系。为简化问题，忽略气体的空间不均匀性，只需考虑速度分布。假设非平衡态气体有一个速度分布 $f(v)$，这个分布不等于高斯分布 $\gamma(v)$，因此，熵没有达到它能达到的最大值。玻尔兹曼方程预计熵会增加。但是，熵会增加很多，还是仅仅一点点？

切尔奇纳尼猜想预计熵在一瞬间的增加至少能与高斯分布的熵和我们所关心的分布的熵之间的差值成正比：

$$\dot{S} \geqslant K[S(\gamma) - S(f)].$$

这个猜想蕴含着分布向平衡态收敛速度的问题，这是一个根本问题，关系着玻尔兹曼本人发现的迷人现象 —— 不可逆性。

在 20 世纪 90 年代初，洛朗·德维莱特、埃里克·卡伦和玛丽亚·卡尔瓦洛先后都研究过这个猜想，得到了一些不完整的结果。尽管他们开辟了全新的疆域，但距离最终目标还有很大差距。而切尔奇纳尼本人在俄罗斯人萨沙·博贝列夫的帮助下证出了他的猜想过强，或许并不正确……除非考虑非常强的碰撞，即比硬球位势更硬的相互作用, 并带有一个至少同相对速度成正比增加的截面效应 —— 气体动力学理论术语称其为 "极硬球位势" (very hard sphere)。

但在 1997 年, 我与朱塞佩·托斯卡尼证明了一个同猜想 "几乎" 一样好的界:

$$\dot{S} \geqslant K_\varepsilon \left[S(\gamma) - S(f) \right]^{1+\varepsilon},$$

在这里, 在某些关于碰撞的技术性假设下, ε 是一个可以任意小的常数。

2003 年, 我证明了以上结果对于任意合理的相互作用都成立。尤其是, 我成功地证明, 当高速碰撞都属于极硬球位势类型时, 猜想依然成立。我与托斯卡尼在 1997 年一起找到的恒等式成了此次证明的关键, 恒等式如下:

如果 $(S_t)_{t\geqslant 0}$ 是福克 – 普朗克方程对应的半群, $\partial_t f = \nabla_v \cdot (\nabla_v f + fv)$, 并且 $\mathcal{E}(F, G) := (F - G) \log(F/G)$, 那么

$$\left. \frac{d}{dt} \right|_{t=0} [S_t, \mathcal{E}] = -\mathcal{J},$$

这里

$$\mathcal{J}(F, G) = \left| \nabla \log F - \nabla \log G \right|^2 (F + G).$$

这个恒等式在以下公式中起着关键作用:

$$\dot{S}(f) \geqslant K \int_0^{+\infty} e^{-4Nt} \int_{\mathbb{R}^{2N}} (1 + |v - v_*|^2)$$
$$\times \mathcal{J}(S_t F, S_t G) \, dv \, dv_* dt,$$

这里 $F(v, v_*) = f(v)f(v_*)$, $G(v, v_*)$ 是乘积 $f(v')f(v'_*)$ 对所有碰撞后速度 (v', v'_*) 与碰撞前速度 (v, v_*) 相容的对的平均。这个公式是解决切尔奇纳尼猜想的基础。

定理 (维拉尼, 2003)。假设 $S(f) = -\int f \log f$ 代表速度分布 $f = f(v)$ 的玻尔兹曼熵。假设 B 是一个对某个常数 $K_B > 0$ 满足

$B(v - v_*, \sigma) \geqslant K_B(1 + |v - v_*|^2)$ 的玻尔兹曼碰撞核，再以 $\dot{S}$ 表示相应的熵增泛函

$$\dot{S} = \frac{1}{4} \iiint \Big(f(v')f(v'_*) - f(v)f(v_*) \Big)$$
$$\times \log \frac{f'(v)f'(v_*)}{f(v)f(v_*)} B \, dv \, dv_* \, d\sigma,$$

并令 $f = f(v)$ 为 $\mathbb{R}^N$ 上零平均且具有单位温度 (zero mean and unit temperature) 的概率分布。则

$$\dot{S}(f) \geqslant \left(\frac{K_B |S^{N-1}|}{4(2N+1)} \right) (N - T^*(f))[S(\gamma) - S(f)],$$

这里

$$T^*(f) = \max_{e \in S^{N-1}} \int_{\mathbb{R}^N} f(v)(v \cdot e)^2 \, dv.$$

40

傍晚，我还留在庞加莱研究所宽敞的办公室里。我增加了黑板的尺寸，清理掉一些家具，让空间变得更大。我仔细考虑了很久，该如何布置办公室。

首先，要把那个笨重的空调机挪出去，夏天热一点很自然。

我打算在墙边布置一个大玻璃橱柜，用来存放个人物品，陈列研究所收藏的一些几何模型珍品。

庞加莱的孙子弗朗索瓦·庞加莱已经答应提供一尊庞加莱的半身像。我会把这尊略显庄严的塑像摆放在左边。

在背后墙上，我预留了一大片空白悬挂凯瑟琳·里贝罗的肖像。我已经在网上选好了图片，凯瑟琳张开双臂，宣扬反抗精神、和平、力量和希望。那张开的双臂，让人想起戈雅的名画《1808 年 5 月 3 日》中面对拿破仑士兵的起义者，或是宫崎骏的动画电影《风之谷》中面对培吉特士兵的娜乌西卡。这张照片彰显着力量，也展现了放任与脆弱。我非常喜欢这种情感：不把自己放在逆境中，我们就很难进步。这位激进女歌唱家的这张照片由摄影师鲍杜安在她动情演唱《尼斯沙拉》时所拍摄。我需要这张照片时刻照拂着我，为此，可能必须直接找凯瑟琳商量。

今天像往常一样，我要约见一些人、同他人讨论问题、参加会议，我还和行政委员会主席通了一个长长的电话。他是一家精算师事务所的总经理，如今积极投身到私营机构对科学研究提供服务的事业中。下午，一位摄影记者来访，为一本科普杂志的采访文章拍摄照片。这一切并未让我感到疲惫。6 个月以来，我觉得自己来到了一个令人兴奋的世界：新的人情往来、新的人际关系、新的学术讨论。

摄影师在办公室里准备设备，安装三脚架和反光板。这时，电话响了。我漫不经心地接起电话。

"您好。"

"您好，请问是塞德里克·维拉尼吗？"对方用英语问道。

"是的，我是。"

"我是拉斯洛·洛瓦斯，从布达佩斯给您打电话。"

我的心在一瞬间停止了跳动。拉斯洛·洛瓦斯是国际数学联盟的主席，同时也是菲尔茨奖评审委员会主席。这是我对委员会所知的唯一信息：除他之外，我完全不了解评审委员会的人员构成。

"您好，洛瓦斯教授，最近还好吗？"

"我很好。我有个消息要告诉你，是一个好消息。"

"哦，真的？"

这就像电影中的情节 …… 我知道，4 年前文德林·维尔纳也听到了这句话。但是，今年这么早消息就来了？

"对，我很高兴地通知您，您获得了菲尔茨奖。"

"噢，这真是难以置信！今天是我生命中最美好的日子之一。我该做点什么？"

"我觉得，您只要愉快地接受就行了。"

自从格里戈里·佩雷尔曼拒绝菲尔茨奖之后，委员会自然而然有所担心：会不会有人再次拒领菲尔茨奖？但是，我距离佩雷尔曼的境界还差得很远，我会痛痛快快地接受。

洛瓦斯对奖项进一步做了说明。委员会决定提前通知获奖者，保证得奖消息来自委员会，而不是从别的渠道泄漏出来。

"还请您严格保守秘密，这很重要。"洛瓦斯再三强调，"您可以告知家人，但是不要再扩散消息。千万不要告诉您的任何一位同事。"

我要把这个秘密隐藏整整 6 个月。这也太漫长了！精确地说，6 个月零 3 天之后，全世界的电视节目才会播出这个消息。从今天开始，我必须怀揣着这个沉甸甸的秘密，并在心里做好思想准备。

整整 6 个月，我将怎样度日如年。在这期间，关于获奖者的各种猜测将铺天盖地，可我得闭紧嘴巴。正如我在里昂的同事米歇尔·沙茨曼经常引用的一句中国谚语："知者不言，言者不知。"

接到洛瓦斯的电话之前，我觉得自己有 40% 的可能性摘得菲尔茨奖，现在我有 99% 的把握！还不是 100%，这仍有可能是个恶作剧。就像朗道和同伴们曾经做的那样，为了捉弄一位不讨人喜欢的同事，这群坏蛋伪造了一封瑞典皇家科学院的贺电寄给他："祝贺您荣获诺贝尔奖……"

所以，先别高兴得太早。塞德里克，你确定刚才打电话的就是洛瓦斯本人？还是等着正式通知邮件寄来了再说吧！

啊，秘密，对…… 坏了，摄影师还在我的办公室里呢！

但看起来他什么也没听到，他或许听不懂英语吧。但愿如此。拍摄继续进行。在研究所正面拍一张，然后同我在数学物理学方面的奖杯、奖状再来一张……

"我觉得这些照片作为报道的插图已经足够了，一切都很顺利。其实，我想问问您，报道中提到您很可能会获奖，那是个什么奖呢？"

"什么？您是想说菲尔茨奖吗？那只是记者的猜测，要等很长时间之后，在 8 月份的国际数学家大会上才能见分晓。"

"原来如此，您有信心获奖吗？"

"这个嘛，很难讲…… 没人能知道吧！"

✧∽✷∽✧

第一次世界大战结束之后，欧洲被凡尔赛条约碾压得支离破碎，各国人民需要重新弥合彼此之间的关系。对于社会是这样，对于科学界也是如此，很多机构亟待重建。

此时，法国数学家和政治家埃米尔·博雷尔草拟了庞加莱研究所的蓝图。而在加拿大，数学家约翰·查尔斯·菲尔茨作为刚刚建立的国际数学联盟中极具影响力的成员，希望为数学家设立一个奖项：一方面，奖励卓越的数学科研成就，就像诺贝尔奖一样；另一方面，鼓励数学界的青年才俊。获奖人在获得奖章的同时还会得到一份微薄的奖金。

菲尔茨找到了资金实现自己的计划，同时委托一位加拿大雕刻家设计奖章。在奖章上，他选择使用拉丁语撰写铭文，因为拉丁语作为国际语言可以反映出数学的普世性。

奖章正面是一幅阿基米德的肖像，配有拉丁铭文："TRANSIRE SUUM PECTUS MUNDOQUE POTIRI"（超越人心的局限，把世界掌握在手中）。

奖章背面绘有一幅阿基米德计算球体与柱体体积定理的图，同样镌刻着拉丁铭文："CONGREGATI EX TOTO ORBEMATHEMATICI OB SCRIPTA INSIGNIA TRIBUERE"（全球数学家聚集于此，为杰出功绩颁奖）。

奖章的侧面镌刻着获奖人的姓名和获奖年份。

奖章全部由纯金制成。

菲尔茨本人并不希望以自己的名字为奖项命名，但在他逝世之后，该奖就被命名为"菲尔茨奖"了。菲尔茨奖首次于1936年颁发。自1950

年始，每四年一届的国际数学家大会上会颁发一次奖项。国际数学家大会是"数学星球"的宏大盛会。如今，与会者可高达五千人，而且每次都会选择不同的开会地点。

为了秉承菲尔茨激励年轻人的遗志，菲尔茨奖只授予年龄小于 40 岁的研究者。2006 年，计算候选人年龄的规则变得更加严苛：候选人仅限在大会举办的当年 1 月 1 日不超过 40 岁的数学家。每届获奖人数按照委员会的决定，介于 2 到 4 人之间。

委员会对讨论结果严格保密，再加上媒体的高度关注，菲尔茨奖在数学界有着无与伦比的轰动效应。奖章通常由国际数学家大会主办国的国家元首亲自颁发，而相关新闻也会在第一时间传遍全球。

41

巴黎大区快铁 B 线，2010 年 5 月 6 日

在巴黎的公共交通系统中，大区快铁（RER）在很多方面都显得与众不同。大区快铁 B 线是我每天必乘的线路，可以说，这条线路几乎天天都会出问题。有时候，直到午夜甚至凌晨一点，车厢里面依然挤满了人。平心而论，B 线还是有很多好处：出于对乘客健康的考虑，它经常让大家在途中换车，促使大家多运动；为了锻炼乘客的思维，它还将时刻表和停靠站信息变为悬念，让大家琢磨不透。

然而今早，或许因为时间真的太早、太早了，车厢里空无一人。我结束了开罗的学术会议，正在回家的途中。

此次去程可谓丰富多彩，我在飞机上遇到了一位非常可爱的女乘客 —— 我从来没见过这么有趣的人。我们在我的电脑上一起看了一部电影，像兄妹一样分享一副耳机。我一直都选择乘坐经济舱，从统计学意义上来说，经济舱里的姑娘更可爱。

回程却是百无聊赖。我在晚上十点多才飞抵巴黎戴高乐机场，这给我带来了大麻烦 —— 我从来没买过晚上十点以后到达戴高乐机场的机票。这个时间已经不可能乘坐大区快铁回巴黎了，但我又不甘心改乘出租车，于是决定等待机场大巴 …… 第一辆大巴在到我这一站之前就已经全满了，第二辆也是全满。如果我像其他乘客那样不顾驾

驶员的劝阻，奋力挤上车的话，本来有可能搭上第三辆大巴。总之，当我来到巴黎的时候已是凌晨两点。幸运的是，我以前在巴黎的公寓还空着，这样我才可以先在那里睡上几个小时，再踏上"征途"，返回位于巴黎南郊的家。

在大区快铁的列车上，我又回顾了自己的邮件，一如往常没有网络。这么多邮件 …… 2 月份，在洛瓦斯那次来电的几天之后，一封确认邮件就寄到了。自此，我才开始感觉自己肩上的压力有所缓解。但压力并没有就此一下子消散：我用了几个月时间，才最终放下**紧迫感**。但在三个半月之后，我将面临另一种压力。在等待过程中，我要静心享受这种放松的感觉。

一封邮件通知我，我是里昂第一大学第 1928 号职位调动唯一的获选人。真是个好消息。无论如何，数字 1928 总能带给我好运气，人们正是在这一年建立了庞加莱研究所！调往里昂第一大学能让我与里昂学术界保持一点联系，而不必空占着里昂高等师范学院的教职 —— 那里的教师职位本来就稀少。

一位女乞丐想在寥寥无几的乘客身上碰碰运气。她用嘶哑的嗓音开始跟我对话。

"你刚度假回来吗，带着这么大的包？"

"度假？噢，不是！我上一个假期是在圣诞节 …… 下一个假期还早着呢。"

"你从哪里来？"

"我去了开罗，在埃及，为了公务。"

"真好啊！你做什么工作？"

"我是数学家。"

"啊，真不错。再见，祝你学业顺利！"

我微笑了，别人还把我当成大学生，这真让我高兴。也许她是对的，我一直都是个学生 …… 也许一辈子都是。

❧❧❧❧❧

今天，我在飞机上用了五分钟时间"愉快"地体验了作用在飞机内外的各种现象：电气学现象、电子学现象、电磁学现象、空气动力学现象、机械现象。所有彼此独立的小现象组成一个整体，完美地运转起来！能够感知到发生在周围的这些事情，真是太棒了 …… 太迷人了！

遗憾的是，在驾驶飞机的时候，人们很难找出五分钟去这样思考。

祝您愉快！

—— 摘自 2010 年 9 月 9 日一位陌生人发来的电子邮件

42

圣 - 路 易 岛 教 堂，2010 年 6 月 8 日

别人递给我香炉时，我有点唐突地轻轻推开了。身着黑色西装，脖子上系着黑领带，一切都是哀悼的标志，而绿色的蜘蛛则代表希望。在巨大的拱顶下，我走向棺木，抚摸它，恭恭敬敬地鞠了一躬。在距我几厘米的地方，长眠着保罗·马利亚万，他是 20 世纪下半叶概率论的守护神。他发明了著名的"马利亚万计算方法"。在调和概率论、几何学与分析学领域里，他比任何人的贡献都多。而我在最优输运方面的研究与之有着千丝万缕的关联。正如我时常念叨的一句话："马利亚万中有维拉尼"*。

马利亚万是一个复杂而极具魅力的人物，既保守又反传统，有着异于常人的才智。从我职业生涯萌芽之际，他就开始关注我、鼓励我，亲自扶我一程。他将《泛函分析期刊》（*Journal of Functional Analysis*）编委会中的众多重担托付于我。1966 年，他同两位美国科学家一起创办了这份期刊，对他来说，它就像自己疼爱的孩子一样。

我们成了年岁相差 48 岁的忘年之交。他对数学的偏好和我非常相近，二人或许是惺惺相惜吧。我们一直用"亲爱的朋友"称呼对方，这绝不仅仅是一种社交礼仪上的套话，而是真诚的表达。

---

* 指马利亚万（Malliavin）名字的字母中包含着维拉尼（Villani）。——译者注

保罗·马利亚万（1925—2010）

有一天，我们一起去突尼斯参加一个学术会议。马利亚万当年已经 78 岁了，但依然非常活跃！我作为主持人致辞时，用寥寥数语赞扬了他不同凡响的影响力。我不记得当时是不是将他称为"活着的传说"，但意思大致如此。面对这种在公众场合的称赞，马利亚万有点不知所措。过了一会儿，他走过来，用"冷面笑匠"的语气和蔼地对我说："知道吗，做一个活着的传说有点累。"

无论他怎么说，他的确努力到生命的最后一刻。正如其女婿公布噩耗时所言："研究数学直到生命的最后一分钟。"马利亚万同弗拉基米尔·阿诺尔德在同一天逝世，后者也是 20 世纪的数学巨人，尽管两位大师的学术风格完全不同。

逝者已矣，我只得独自前行。亲爱的朋友，请相信我，我们会好好地照顾《泛函分析期刊》。

唉……如果我能骄傲地将 2 月那通秘密电话的内容告诉您，那该有多好啊，我想您一定会非常高兴的。

葬礼一结束，我就跑着赶回庞加莱研究所。今天，与克雷数学研究所共同举办的学术会议将举办闭幕式，这次会议的主题是庆祝佩雷尔曼最终解决庞加莱猜想。我必须在最后一个报告结束时出现在会场，然后做一个简短的总结发言。为了避免一切迟到的风险，我必须全速跑步穿过巴黎的大街小巷，从圣－路易斯岛直奔第五区的核心地带。如果保罗看到我涨红着脸、满身大汗，像火车头一样跑得气喘吁吁，应该会微笑吧。真愚蠢，我不知道自己在他灵前一鞠躬是否得体。无论如何，我是出于真心，这才最重要。

❦

20 世纪伊始，亨利·庞加莱发展了一个全新的数学分支 —— 微分拓扑学，希望将我们周围的几何对象在相差一个形变的意义下分类。

通过形变，我们可以把一个环面变成一个咖啡杯，但永远不可能把它变成一个球面：咖啡杯有一个洞（把手），而球面没有洞。在一小区域内部可以用两个坐标（如经度和纬度）确定的点所刻画的几何对象，就是曲面。一般情况下，为深入了解曲面，我们只需数一数把手的个数。

但是，我们生活在一个三维世界中。通过计算洞的个数足以对几何对象进行分类吗？这就是庞加莱在 1904 年提出的问题，他用 6 篇论文构成了一个系列。文章尽管某些地方略显混乱，却展现出作者无可争议的天赋。拓扑学的基础理念在文中已初具规模。庞加莱提出一个问题：任意两个有界（譬如有限宇宙）且没有洞的三维几何对象，是否彼此等价？其中一个对象已被找到，即三维球面，也就是在四维空间中有三个坐标的球面。用术语来描述，庞加莱猜想的表述如下：一个紧致、单连通、无边且光滑的三维流形与三维球面微分同胚。

这个言之凿凿的表述是否真的正确？庞加莱提出问题，并用一句妙语总结道："这个问题会把我们带往遥不可及的地方。"这句话同费马那句著名的"页边空白太小"一样耐人寻味。

光阴流逝，不知几载岁月……

庞加莱猜想成为几何学领域最著名的谜题，如灵感之泉般在整个 20 世纪滋养着数学圣坛。菲尔茨奖至少有三次眷顾了在该猜想证明上获得局部进展的数学家。

威廉·瑟斯顿迈出了决定性的一步。作为一名高瞻远瞩的几何学家，瑟斯顿对全体三维几何对象，即一切可能的宇宙形状，有着非凡的直觉。他对三维对象提出了一种动物学式的分类纲领，以前还在质疑庞加莱猜想的人们甚至纷纷倒戈卸甲，彻底被瑟斯顿的观点折服 —— 这一分类纲领如此精妙，肯定正确无误。这便是包含了庞加莱猜想的"瑟斯顿纲领"。但瑟斯顿本人也仅仅探索了庞加莱猜想中的部分内容。

2000 年，克雷数学研究所毫不犹豫地将庞加莱猜想选为七大千禧年难题之一。破解每个数学难题可获一百万美元奖金。当时，人们还担心这个著名的猜想会不会在下一个世纪仍然悬而不决。

格里戈里·佩雷尔曼（1966—　　）

谁知就在 2002 年，俄罗斯数学家格里戈里·佩雷尔曼宣称找到了庞加莱猜想的一个证明方法，震惊了数学界，而他本人已经秘密研究这个问题长达 7 年之久！

1966 年，佩雷尔曼出生于列宁格勒，即现在的圣彼得堡市。他的母亲是位颇具天赋的科学家，并把数学基因遗传给了儿子。佩雷尔曼在柯尔莫哥洛夫创建的顶级数学学校里深受感染，数学俱乐部里充满热情的教师们帮助他为参加国际数学奥林匹克竞赛做准备。之后，他受到 20 世纪最杰出的几位几何学家的指点，包括亚历山德罗夫、布拉戈和格罗莫夫。短短几年之内，佩雷尔曼成为正曲率奇异空间理论研究领域的领军人物。"灵魂猜想"的证明令他名扬四海，远大前程仿佛已在眼前······ 但就在这时，他消失了！

从 1995 年起，佩雷尔曼踪迹全无。然而，他并没有停止研究。他跟随理查德·汉密尔顿学习了里奇流理论。里奇流理论通过摊开一个几何对象的曲率，使其连续地形变，就像热传导方程摊开温度一样。汉密尔顿曾雄心勃勃地希望用自己的方程证明庞加莱猜想，但多年以来，一直被巨大的技术困难羁绊。这条道路似乎走不通。

直到 2002 年，佩雷尔曼将那封著名的电子邮件发给了几位美国同行。这是一封仅仅包含几行文字的邮件。信中说他刚刚将一篇论文登载在网上，在文中按自己的方法草拟出庞加莱猜想的一个证明方法，这是一个"具有广泛意义的证明大纲"。事实上，他解决了瑟斯顿纲领的绝大部分问题。

受到理论物理学的启发，佩雷尔曼证明了一个被他称为"熵"的量 —— 因为它与玻尔兹曼的熵的概念很相似。几何对象在以里奇流的方式发生形变的过程中，这个量会下降。我们或许尚未彻底认识到这一原创性发现的深邃之处，但是，佩雷尔曼借此成功证明了：可以一直放任里奇流起作用，而不必担心会爆破，或者说，产生某种过分强烈的奇异性。再换一种说法：即使产生了某种奇异性，人们也能对其进行刻画，并加以控制。

此后，佩雷尔曼到美国作了几次关于其工作成果的报告，他对问题的精准把握给众人留下了深刻印象。然而，由于受不了媒体的关注，同时也因为对数学界消化自己证明时拖拖拉拉的节奏感到非常恼怒，佩雷尔曼丢下众人检验论文，自己返回了圣彼得堡。为了重现佩雷尔曼的证明，补充最细节的内容，大家需要分成多个小组，花费至少四年时间才能完成！

这一证明事关重大，加上佩雷尔曼拂袖而去，数学界落入一个前所未有的尴尬境地。于是，围绕证明的作者权问题引发了诸多纷争。无论如何，数学家们最终确认，佩雷尔曼的确证明了瑟斯顿几何化猜想，从而证明了庞加莱猜想。除了安德鲁·怀尔斯于 20 世纪 90 年代成功证明了费马大定理之外，在过去几十年中，或许没有任何一项发现可以与之比肩。

荣誉如雨点般落在佩雷尔曼身上：2006 年，他荣获菲尔茨奖，之后是当年最重要的科学进展大奖 —— 这一头衔几乎从来未被授予过数学家。随后在 2010 年，克雷数学研究所授予其千禧年奖，这是第一次有人夺得这一奖金丰厚的奖项！可是，佩雷尔曼并没有接受，而是一个接一个地拒绝了所有荣誉。

全世界的记者争相评论佩雷尔曼拒绝兰登·克雷百万美元奖金的事件，把他炒作成一个疯子数学家。毫无疑问，他们都错了：佩雷尔曼身上最不平凡的亮点既不是他拒领荣誉和奖金的执拗，也不是他古怪的性格 —— 这两点在别人身上也能看到，而是他凭借坚韧的性格和深刻的洞察力，穷尽 7 年时光，独自一人勇敢地攻破 20 世纪标志性数学问题的伟大历程。

2010 年 6 月，克雷研究所和庞加莱研究所在巴黎携手举办了一场学术会议，纪念这一重大突破。15 个月后，两家研究所一起宣布：佩雷尔曼放弃的奖金将被用于在庞加莱研究所设立一个特殊职位。这个"庞加莱职位"将面向极具潜力的青年数学家，为他们提供理想的科研条件，免除授课任务，甚至无需在研究所常驻，以此促使他们充分施展才华。这正是效仿当年伯克利米勒研究所的先例，研究所曾为佩雷尔曼提供极其优厚的待遇，只为助他一臂之力。

43

海得拉巴，2010 年 8 月 19 日

我的名字回荡在恢宏的殿堂中。皮埃尔·马拉瓦尔拍摄的肖像显示在巨大屏幕上 —— 照片上的我系着胭脂红色的大花领结，佩戴泛着淡紫色的白蜘蛛。前一晚，我彻夜未眠，此时却感受到从未有过的清醒。这是我职业生涯中最重要的时刻，也是多少数学家朝思暮想却又不敢承认的梦想时刻。一位几乎籍籍无名的科学家，这位在马拉瓦尔《千位科学家》肖像影集中排名第 333 位的科学家，此时正在享受自己最荣耀的时刻。

我起身走向讲台的时候，大厅里响起了以下嘉奖词：**"塞德里克·维拉尼，获颁菲尔茨奖，以表彰他对非线性朗道阻尼的证明以及对玻尔兹曼方程收敛至平衡态的研究。"**

我走上台阶，小心让自己的脚步既不要太快，也不要太慢。然后，我走向中央讲台，走向印度总统。总统身材娇小，身上却散发出一种威严，从她身边随从的态度中可以明显感受到这种力量。我在她面前停下脚步。她微微向我鞠躬致意；我也向她弯腰还礼，动作当然比她要深得多，Namaste*。

她向我递过奖章，我将它展示给人群。我微微欠身，站姿有点奇

---

* 印地语，指印度传统的合十礼。——译者注

怪，既没有面对人群，也没有面对总统，而是对两边都成 45 度角。

在这座承办 2010 年国际数学家大会的奢华酒店里，三千多人齐聚恢宏的会议大厅向我欢呼。18 年前，我在巴黎高等师范学院两百周年校庆舞会的开幕式上致辞之后，有多少人为我鼓掌呢？大概一千人左右？正如玛丽·霍普金所唱的："往事如烟啊……"当年，由于组织程序上出了问题，父亲没能用相机捕捉到这一刻，这曾让他非常伤心。拍照留念在当初可是一件大事儿，如今看来却实在不值一提！手握长枪短炮的摄影师和摄像师不停按动快门、跟踪拍摄，简直就像戛纳电影节一样。

我接过奖章，再次向总统鞠躬致意，后退三步，转身走向墙壁，全套动作同昨晚大会组织者指导下排练的效果分毫不差。

干得不错。我比埃隆·林登施特劳斯表现得好一点。他第一个上台领奖，整个人都在云里雾里，搞砸了所有礼节。当他完成授奖仪式后，另一位获奖者斯坦尼斯拉夫·斯米尔诺夫悄声对我说："我们不会比他更糟糕了吧。"

等无数相机记录下永恒瞬间之后，我已经晕头转向。紧接着是与媒体见面和新闻发布会，又是照相机、摄像机等数码机器大快朵颐的时候……

人们在典礼大厅中不能携带计算机和手机。我当时并不知道，就在刚刚这段时间里，自己将收到三百多封祝贺邮件，此后还会更多。贺电来自同事、朋友，还有点头之交；有些人已经十年、二十年或三十年没见过面，比如多年未见的小学同学；甚至还有素未谋面的陌生人……有些邮件写得感人至深。但是，在铺天盖地的祝贺声中，一封信却带来了一个噩耗，一位儿时的伙伴其实早已过世多年。我们都清楚，生活就是这样，充满了纠葛不清的喜悦与悲伤。

法国总统通过新闻渠道向我们传达了官方的祝贺。正如所料，吴宝珠也荣获了菲尔茨奖。一段时间之后，我才意识到法国此次获得双重胜利给她的国民带来了多么大的民族自豪感。这还不算伊夫·迈耶因其终身成就而摘得赫赫有名的高斯奖！现在，法国人应该能重新意识到，自己的国家从四百年前就已站在了国际数学研究的最前沿。截至2010 年 8 月 19 日这一天，在已经颁发的 52 枚菲尔茨奖章中，法国赢得了至少 11 枚！

克莱蒙当然也在会场，整个人容光焕发。回想当年，他第一次走进我在里昂高师的办公室，为了探讨博士论文课题，距今还不到 10 年……那是他的机遇，也是我的机遇。

我挣脱人群，回到自己的客房。这是个毫无特点的房间，丝毫看不出印度风格，我也完全有可能是在火地岛。我得在这儿完成自己的作业。

在 4 个小时的时间里，我不间断地接听各路记者的来电，在手机和固定电话之间来回切换。一通电话刚打完，我就要检查自动答录机，看看有没有新的留言，真是没完没了。个人情况、学术问题、体制问题，问题几乎千篇一律：**荣获此项大奖，您有何感受？**

终于，我从自己的房间里出来走下楼，脸色灰白、饥肠辘辘 —— 可我看别人也是这幅模样。我喝了杯辛辣无比的马萨拉茶，然后再次面对人群。一群年轻人涌向我，当然印度人居多。我为他们签名留念，飘飘然地摆好姿势，拍了数不清的照片。

与其他获奖者不同，我此次是独自前来，妻子和孩子都留在法国，好让他们避免嘈杂的人群困扰。我更喜欢这样。同时，我依照委员会的指示，只将获奖消息告诉了妻子，甚至连父母都没通知，他们将从新闻里得知这个消息！

还有，凯瑟琳·里贝罗寄了一大束美丽的玫瑰花到我家！

然而，万万没有想到，正当我在海得拉巴对着无数即兴拿起相机的人摆出各种姿势的时候，在里昂，我的同事米歇尔·沙茨曼去世了。她是法国杰出的天体物理学家埃夫里·沙茨曼的女儿。米歇尔是我遇到过的最具原创性的数学家之一，她从不畏惧处理难缠的教学挑战，热衷探索旁人连想都不敢去想的跨学科关联，比如代数学和数值分析之间的疆界。**疆界**（Frontière），曾是米歇尔全力倡导的一项颇受瞩目的研究计划。自从 2000 年我来到里昂，米歇尔就与我成为了朋友。我们经常结伴参加讨论班，不止一次地一起筹划如何将某位杰出的数学家吸引到里昂大学来。

米歇尔·沙茨曼（1940—2010）

米歇尔说话从不兜圈子，言辞总是一针见血，时不时还带点尖锐无比的黑色幽默。5 年前，她不幸罹患一种无法治愈的癌症。从化疗到手术，米歇尔始终目光炯炯，还跟我们开玩笑说，自从省下买洗发水的钱之后，她发现整个人生都变得美好了。几个月前，我们借数学的名义在里昂为她庆祝了 60 岁生日。演讲者来自世界各地，其中包括具有百变研究风格的乌列尔·弗里施。这位享有全球盛誉的物理学家曾是米歇尔父亲的学生。还有我本人，而我的老师也是继承其衣钵的精神传人之一。米歇尔曾敏锐地指出，我那篇关于朗道阻尼的报告与乌列尔提出的"虎"之间存在着某种联系。醍醐灌顶！

在最后的几个星期中，她的身体状况极速恶化。身在病中，米歇尔依旧一如既往的骄傲和直率。为了保持头脑清醒，她拒绝注射吗啡。在临终的病榻上，她焦急等待着菲尔茨奖的颁奖结果，最终听到了我获奖的消息。几小时之后，她便去世了。我们都知道：生活就是这样，充满了纠葛不清的喜悦与悲伤。

2010 年 8 月 19 日，印度

今天一早，海得拉巴大酒店就成为全世界数学家云集之地。来自五大洲的数学家们人人身怀异禀，驰骋各个数学领域：分析、代数、几何、概率、统计、偏微分方程、代数几何与几何代数、硬逻辑与软逻辑、度量与超度量几何、调和分析与和谐分析、概率数论与概率。他们中有模型和超模型的发现者、经济学和微观经济学理论的创立者、超级计算机与遗传算法的设计师、图像处理与巴拿赫空间几何学的谱写者。数学世界也有春夏秋冬，呈现着五彩缤纷的四季美景。此外，还有数以千计各领域专家。精英荟萃一堂，堪比具有千手大能的湿婆。

四位菲尔茨奖得主，以及高斯奖、奈望林纳奖和陈省身奖章的三位得主被一个接一个地"献祭"给湿婆。印度总统担当"女祭司"，向大家介绍这七位数学家，而人群的欢呼声早就把他们给吓坏了。

这是国际数学家大会的开幕式，会议将持续两周，届时将举办一系列报告会、讨论会、招待会、鸡尾酒会，此后还要进行采访、拍照、接见代表团。最后，大家还要组织欢乐的舞会，乘坐华丽的出租车和浪漫的人力三轮车到处兜风。在这里，众人称颂数学的统一性与多样性，赞叹数学千变万化的形态，分享完成工作的喜悦，一道惊叹新发现，展望未知的世界。

当盛会结束的时候，所有数学家将纷纷回到各自所在的大学、研究机构、公司，或是回到家中。每个人都以自己的方式重新投入到探索数学的冒险之中，凭借逻辑推理和辛勤劳动，挥洒想象力和热情，一起努力拓广人类的认知疆域。

同时，他们将开始畅想下一届国际数学家大会。四年之后，大会将在古老的"高丽虎"家中举行。哪些研究课题将收获荣誉？谁又会被拿去给高丽虎"献祭"？

等到那一天，数以千计的数学家将纷纷前往，呈上他们对高丽虎

的敬意。数学家们会探索它正弦曲线式的几何外形，把它无可比拟的对称性公理化，观察它具有随机性的步伐，分析它身上条纹的反应扩散过程，在它的毛发和胡子上施展微分剖析，估算它利爪的曲率，把它从量子势阱中释放出来，让空灵的弦论与它的虎须一同颤动。几天之内，这只威力无边的老虎就会从胡子尖儿到尾巴尖儿彻底变成一位数学家。

—— 我为《解码者》一书韩文译本所撰写的短文

伽辽金–截断的伯格斯方程与欧拉方程的"虎"现象

（时长 1 小时，报告人：乌列尔·弗里施）

现已表明，如果将无粘性流体力学方程解中波数超过一定阈值 k_g 的空间傅里叶模式限制掉之后，这些解将会出现一些意想不到的性质。我们就这个问题对一维伯格斯方程和二维欧拉方程进行了研究。当 k_g 值很大时，如果初始条件光滑，流体粒子的运动和小尺度效应（激波、带有大速度梯度的层流等）引起的截断波之间的共振相互作用会引发一个局部化的短波长振动，我们称之为"虎"。这是截断产生的第一个效应。当复空间中的奇点靠近实区域，并与之距离小于一个伽辽金波长 $\lambda_g = 2\pi/k_g$ 时，这些虎就会出现。而且，典型情况是，虎会出现在远离预先存在的小尺度结构的位置上，在此处，速度与这些结构相协调。最开始，这些虎都很弱，并且具有很强的局部性——在伯格斯方程的情况下，当第一个激波出现时，它们的振幅和波长分别与 $k_g^{-2/3}$ 和 $k_g^{-1/3}$ 成正比。但虎会增长，并最终侵入整个流体。而这些虎正是 T.D.Lee 于 1952 年所预言的热化（thermalization）的最初表现。这种反常的突发耗散——在无粘度极限下、有限时间之后出现的有限耗散，在伯格斯方程中已广为人知，而且有人猜测三维欧拉方程也有这种现象。在截断情况下，这种现象有其对应物：在极限 $k_g \to \infty$ 下，虎能够存储有限能量。这导致了雷诺张力在大于伽辽金波长的尺度上产生作用，使得流不能收敛到无粘度极限解。有迹象表明，或许可以清除这些虎，由此确定正确的无粘度极限行为。

——萨姆利蒂·桑卡尔·雷、乌列尔·弗里施、谢尔盖·纳扎连科与松本刚合著论文的摘要，由弗里施在一个国际数学会议上报告

老　虎

—— 威廉·布莱克，作于 1794 年

老虎！老虎！烁烁金光，
烈焰般把深林照亮。
造就你可畏的匀称，
需要怎样的天工巧匠？

怎样的深邃与高远，
点燃你眼中的火焰？
怎样的双翼直升云霄，
怎样的利爪捉住火苗？

怎样的技艺与双臂，
造就你强大的心脏？
而这心一旦搏动，
驱动如此骇人的股肱！

怎样的链锁与铁锤，
怎样的熔炉铸就你的脑？
怎样的铁砧与猛劲，
敢钳住你这慑人的凶煞？

当繁星投下银光，
用泪把天空涤荡；
他可会微笑凝视这杰作？
可是他创造了你，也创造了羔羊？

老虎！老虎！烁烁金光，
　烈焰般把深林照亮。
　造就你可畏的匀称，
　需要怎样的天工巧匠？

44

圣 – 雷米 – 莱谢夫勒斯，2010 年 11 月 17 日

秋天，一切都染上了金色、红色和黑色：金色的树叶、红色的树叶、黑得发亮的乌鸦，就像汤姆·威兹那首名为《十一月》歌里唱的那样。

我从老朋友大区快铁 B 号线的车站走出来，隐没于夜色之中。

过去的 3 个月发生了太多事情！

签名。

报纸。

广播。

电视节目。

拍摄影片。

我与弗兰克·杜博斯克合演的幽默小品在 Canal+ 频道播出，有人指责我不该出演这种"低俗闹剧"，但无所谓！节目播出的第二天，人们在路上拦住我，大家都看到我"上了电视"。

我要会见各色人物：政治家、艺术家、大学生、企业家、革命家、国会议员、国立行政学院的学生，还有法兰西共和国总统⋯⋯

我总是被大家反复问同样的问题：**您如何开始对数学产生兴趣的？法国人的数学为什么这么厉害？菲尔茨奖是否改变了您的生活？您已**

经得到了最高荣誉，那现在的科研动力是什么？您是天才吗？您佩戴的蜘蛛有什么意义吗？……

吴宝珠已经返回美国了，留我一人独自面对风浪。这并没有让我不快，探索电视和报纸的幕后世界让我异常兴奋。根据经验，我发现采访经常和被采访者说了什么没多大关系，一个叫做"塞德里克·维拉尼"的抽象化媒体人物正在被塑造出来。这个人其实并不是真正的我，而我也无法完全控制他。

除了应付这一切，我还要继续担当研究所所长……就在同杜博斯克演对手戏那天，我还接受了法国 RTL 电视台的采访，随后在市政厅参加了会议，讨论大学住宿问题，同行政委员会主席详细地交谈，最后录制了晚间文化节目《午夜话语》（Des Mots de Minuit）。

此外，我还要协调组织一个国家资助项目，名叫"投资未来"（大家称之为"巨额贷款"）。这一项目任务艰巨，必须联合四家法国国家级和国际级数学研究所，即巴黎庞加莱研究所、伊维特河畔的法国高等科学研究所、吕米尼国际数学会议中心和尼斯国际纯数学与应用数学研究中心。法国高等科学研究所就是我曾留驻 6 个月的普林斯顿高等研究院的法国版。那是个美丽而幽静的地方，每到秋天，院子里回荡着栗子从树上掉落地面时发出的噼啪声。在这里，数学骄子格罗滕迪克完成了那篇无与伦比的巅峰之作；在这里，年轻学者可以接触到世界顶级数学家，推进自己的研究计划。吕米尼国际数学会议中心每周都举办学术会议，好比德国奥博沃尔法赫数学研究所在法国的变体。不同的是，会议中心周围不是庄严的德国黑森林，而是马赛地区风景秀丽的地中海小海湾。尼斯国际纯数学与应用数学研究中心是一个彻头彻尾的国际化机构，致力于促进数学在发展中国家的推广。在全球任何有需求和意愿发展数学研究的地方，研究中心都扮演着重要角色。

联合这四家研究所，用一份协议整合它们风格迥异的职能，谈判流程固然要耗时耗力，还需用尽所有技巧。我在庞加莱研究所所长任上已经过一年的锻炼，接受了不少外交历练，应该能够胜任这项艰巨的协调工作。这个联合体名叫"国际数学交流与会议中心"（CARMIN）。

在繁忙的活动之余，我准备了两次面向大众的新报告，为理论物理学讨论班撰写了一篇关于"时间"的长文 …… 与此同时，庞加莱研究所历经了一段黑暗时期，多位同事被各种疾病击倒，额外的行政事务落在我肩上。所幸，身体健康的同事们仍然坚持忘我地工作。

整整 3 个月，我消耗光了自己的全部体能，甚至到了必须提前几天安排睡眠计划的地步。就像多米尼克·A 在歌中唱的："直到你放弃！"这个令人筋疲力尽的秋天已经过去，我还要继续前行，而现在，我进入了一个黑暗时期。

我左边是一片森林，时有狐狸和牝鹿出没，右边是一片牧场，躺着安详平和的牛群。但是，摆在我面前的三百米路程，没有任何公共照明和灯光污染，是条漆黑一片的小土路。

一条没有丝毫光亮的小路，这简直是无价之宝！当月亮藏起来的时候，视野不足三米。我加快脚步，心也越跳越快，整个人的感官都异常警觉。树林里一根树枝折断的声音都能让人竖起耳朵，这条路似乎变得比平时要长，想象着周围会不会埋伏着不怀好意的坏人，必须极力忍耐才能让自己不至于惊慌奔逃。

这条漆黑的小路恰如一个数学研究课题在刚起步时，那种暗无天日的状态。达尔文似曾说过："**数学家就像身在一间黑屋里的盲人，努力想看清一只黑猫，而那只黑猫也许根本就不存在 ……**"他说的没错！无尽的黑暗，就像霍比特人比尔博误入咕噜的洞穴一样。

这一黑暗期是数学家踏上未知土地的标志，是研究周期的第一阶段。

之后，黑暗中会出现一点非常渺小、非常微弱的光，似乎随时都会熄灭，让人们感到好像有些事情即将发生 …… 借着这点非常渺小、非常微弱的光，如果一切顺利，线索会逐渐清晰，直到那一天来临！胜利者会自信满满，引以为豪，到处宣讲自己的成果。通常，成功仿佛突如其来，但有时也不尽如此。这一点，我颇有体会。

重大时刻过去之后，灵感火花闪现之后，伟大工程完工之后，总有一个抑郁的阶段，这时，你会觉得自己的贡献完全没意义。**说到底，你所做的这些事，随便一个笨蛋都能做到，你应该再去寻找一个更重大的问题，让人生更有意义。**于是，数学研究又开始循环往复⋯⋯

但眼下，我确实走在真正的黑暗中。一路走来，充满感动的一天已落下帷幕。我和吴宝珠、迈耶一起拜见了法国国民议会议长。当我们了解到他过去的科研生涯后，立刻把他视为同一个战壕里的战友。我们三人聆听了议会质询政府，场面十分精彩。此后，我们接受了全体议员的祝贺。在国民议会图书馆，一件稀世珍宝让我啧啧称叹。这是一座专门设计用来收藏埃及探险队科考文献的大书柜。蒙日、傅里叶和其他学者的伟大著作包含的成果曾改变了生物学、历史学、建筑学的面貌，颠覆了一切。看看这些精美的手绘图片，完全用现场制造的工具和材料手绘而成，因为之前的装备都在一次海难中丢失了。只有专家才能碰触这些华美壮丽的古书。我不禁被深深震撼，感到一缕圣光与我同在。

然而，我脑海深处却有一个不为人知而又挥之不去的烦恼，在过去的几个月中不断潜滋暗长⋯⋯我一直没收到《数学学报》的通知，一直没有新的评审结果！评审专家的身份秘而不宣，唯有他们的独立评审意见，才能确认我们结果的正确性。

在得到莫大的荣誉之后，假如论文的结果是错误的，我该怎么办？我猜想，事关重大，菲尔茨奖评审委员会应该已经检验过我们关于朗道阻尼的结果了。但同往常一样，我没有接到任何消息。如果某位评审专家通过漫长的审读流程和第三方检验挖出了一处错误，那可怎么办？塞德里克，你是一家之主，可不能有轻生的念头啊！

别再开玩笑了，船到桥头自然直。况且，我已经走到了暗路的尽头。在那里，远远地有一点非常渺小、非常微弱的光 —— 那是门控上的灯。得救了！这种经历是人生的一笔无价之宝，每日被紧迫感包围，沉浸在饱含情绪的黑暗中，等到终于挺过来的时候，感觉真好！我推开沉重的大门，穿过天井，走进家中，打开灯，走上楼，在办公桌前坐定，给笔记本电脑插上网线，下载电子邮件。什么？过去的 12 小时里只有 88 封新邮件？今天可真清净……

在电子邮件的洪流中，一封信迅速吸引了我的目光 ——《数学学报》！我焦躁不安地打开这封来自约翰内斯·舍斯兰特德的邮件，他是我们论文的责任编辑。

"The news about your paper are good."（关于你们的论文，现在有了好消息。）

他本该写"is good"。英文单词"news"和"mathematics"一样，尽管由"s"结尾，却都是不可数名词。无所谓。我别无所求，立即将这封邮件转发给克莱蒙，并加上两个字"Gooood news"（好消息）。

至此，我们的定理真的诞生了。

克莱蒙·穆奥（1978—　）与塞德里克·维拉尼（1973—　）

定理（穆奥与维拉尼，2009）

设 $d \geqslant 1$ 为一个整数，$W : \mathbb{T}^d \to \mathbb{R}$ 为一个偶周期函数，局部可积，且其傅里叶变换满足 $|\widehat{W}(k)| = O(1/|k|^2)$。

设 $f^0 = f^0(v)$ 为一个 $\mathbb{R}^d \to \mathbb{R}_+$ 的解析分布，且对某个 $\lambda_0 > 0$ 满足

$$\sum_{n \geqslant 0} \frac{\lambda_0^n}{n!} \|\nabla_v^n f^0\|_{L^1(dv)} < +\infty,$$

$$\sup_{\eta \in \mathbb{R}^d} \left(|\widetilde{f}^0(\eta)| e^{2\pi \lambda_0 |\eta|} \right) < +\infty$$

这里 $\widetilde{f}$ 表示 f 的傅里叶变换。

假设 W 与 f^0 满足广义彭罗斯线性稳定性条件：对于一切 $k \in \mathbb{Z}^d \backslash \{0\}$，如果取 $\sigma = k/|k|$ 且对一切 $u \in \mathbb{R}$，$f_\sigma(u) = \int_{u\sigma + \sigma^\perp} f^0(z) dz$，那么对于一切满足 $f'_\sigma(w) = 0$ 的 $w \in \mathbb{R}$，有

$$\widehat{W}(k) \int_{\mathbb{R}} \frac{f'_\sigma(u)}{u - w} \, du < 1.$$

给定一个位置与速度的初始态 $f_i(x, v) \geqslant 0$，假设它在以下意义下非常接近解析态 f^0

$$\sup_{k \in \mathbb{Z}^d, \eta \in \mathbb{R}^d} |\widetilde{f}(k, \eta) - \widetilde{f}^0(\eta)| e^{2\pi \mu |k|} e^{2\pi \lambda |\eta|}$$

$$+ \iint |f_i(x, v) - f^0(v)| e^{2\pi \lambda |v|} \, dx \, dv \leqslant \varepsilon,$$

这里 $\widetilde{f}$ 是 f 的时空傅里叶变换，$\lambda, \mu > 0$，且 $\varepsilon > 0$ 充分小。

那么，存在解析态 $f_{+\infty}(v), f_{-\infty}(v)$ 使得在 $t = 0$ 时以 f_i 为初值且带有 W 位势相互作用的非线性弗拉索夫方程的解在弱意义下满足

$$f(t, \cdot) \xrightarrow{t \to \pm\infty} f_{\pm\infty}$$

更精确地讲，在傅里叶模式的简单收敛意义下，收敛速度为指数阶。

当 $\varepsilon > 0$ 充分小时，非线性方程的收敛速度与线性化方程的收敛速度任意接近。此外，在任何空间 C^r 中，边缘分布 $\int f\, dv$ 与 $\int f\, dx$ 以指数阶速度收敛于其平衡态值。

以上陈述中所有非线性估计都是构造性的。

尾声

布达佩斯，2011 年 2 月 24 日

　　摇摇晃晃的小桌子上，四个酒瓶一个挨一个地排成行。一口高度"维拉尼"酒* 下肚，我已经有些恍恍惚惚，勉强能跟上加博尔不厌其详的讲解。他正在比较四种匈牙利托卡伊葡萄酒的特质：青涩、甘醇、柔和……而我的状态实在不适合做选择。

　　孩子们吃了两口匈牙利炖牛肉和苹果挞，就跑去小公寓四处拍照了，那里布置着一个巨型屏幕。克莱尔帮我选了一杯有机甜托卡伊酒，女主人蕾佳端上一杯香滑可口的卡布奇诺。

　　加博尔讲述着匈牙利，他的年少时光，为热爱数学的匈牙利孩子们开设的数学讲习班，每周上课十二小时，讲解数学奥林匹克竞赛题目的电视节目——蕾佳依然记得这一切。

　　他谈论着自己不同寻常的母语——匈牙利语和芬兰语是远房表亲，两种语言早在一千年前就分家了。匈牙利语要求倾听者时刻集中注意力，在最后一个单词蹦出来之前，你永远猜不到对方正在说的意思会不会被彻底颠覆。难道恰恰是因为这一点，让匈牙利成为 20 世纪上半叶最盛产传奇学者和科学鬼才的国度呢？匈牙利是埃尔德什、冯·诺依曼、费耶尔、黎兹、泰勒、维格纳、齐拉特、拉克斯、波利亚及其他一众科学家的祖国……

---

* 匈牙利维拉尼（Villányi）镇出产的烈酒。——译者注

"犹太人也功不可没！"加博尔强调道，"我们国家曾经是整个地区反犹势力最薄弱的国家，犹太知识分子慕名而来，为这个国家的智慧宝库做出了决定性贡献。但后来风向变了，他们不再受欢迎，于是纷纷离开，可惜啊……"

加博尔是冈布茨（Gömböc）的发现者，弗拉基米尔·阿诺尔德曾确信这种令人难以置信的几何形体确实存在。这种完全均质的实心形体只有一个稳定平衡点和一个不稳定平衡点。它是最小的超稳（super stable）几何形体，不论人们怎样把它摆在地面上，它总能回到自己的平衡位置，就像一个不倒翁——但是不倒翁在底部加了配重，而冈布茨则完全均质。

我刚到布达佩斯就听说了这项发现，想着最好能弄到一个冈布茨，陈列在庞加莱研究所的图书馆里。但在此之前，我希望眼见为实，说服自己这个东西真的存在！几封电子邮件就足以达成心愿：若能展示您美妙绝伦的新发现，本研究所将深感荣幸；这一发现若能充实久负盛名的贵研究所之馆藏，我将感到万分荣幸，明天我会去听您的报告，诚邀您来我家中用餐；谨遵您的安排，我迫不及待地想见到您。

"你昨天在大学作的报告真是太棒了，"加博尔兴奋异常，不住对我重复道，"讲得真好！What a beautiful talk！妙啊，好像玻尔兹曼本人就在大厅里，与我们同在！多好的演讲！"

他还要克莱尔一起做见证：

"大厅里真热。来了这么多听众，大厅显得实在太小了。投影仪的连接线不够长，你先生不得不从连接线上跳过去，最后黑板也自己掉了下来，但他毫不在意！一个半小时的报告！畅快淋漓！"

我们一同为玻尔兹曼干杯，为各国数学家之间的兄弟情谊干杯，为我那篇朗道阻尼的论文干杯——几位评审人交换意见之后，这篇文章最终被《数学学报》接受了。

托卡伊葡萄酒滑过喉咙。加博尔继续讲着。他谈起自己在1995年参加汉堡国际应用数学大会的故事。当时，人们组织了一场邀请阿诺尔德出席的午餐会，需要付钱才能参加。加博尔没有丝毫犹豫就报了名。他的差旅费本来就十分微薄，这一下就花掉了一半。结果，他却因为太过腼腆，居然不敢同这位数学巨匠讲话！

第二天，加博尔偶然再次遇到了他心中的数学英雄。当时，阿诺尔德正在被一个烦人的家伙纠缠，难以脱身："我在十年前已经解决了您的问题，不，我没时间听您的证明。"此时，阿诺尔德看见了加博尔，希望抓住这个机会让自己脱困："不，实在不行，非常抱歉，我马上要和这位先生会面谈话。"

就这样，阿诺尔德开始对这位默不作声的外国同席者产生兴趣。"昨天的午餐会上，我其实看见你了，我知道你来自匈牙利，我也知道昨天那顿午餐对你来说价格不菲。所以，如果你想对我说点什么，那现在就说吧！"

加博尔谈了自己的研究工作，阿诺尔德告诉他，他走的方向不太对。在随后的讨论中，阿诺尔德使加博尔更加坚信这种极小稳定形的存在性：这种形体只有两个平衡点，一个稳定，一个不稳定。

就是这几分钟的讨论，彻底改变了加博尔的命运。他用了 12 年时间来寻找这种几何形体。加博尔收集了数千块鹅卵石，然后，他认为这种形体应该不会存在于自然界中，需要人工将其一点一点构造出来。也许，这是个变形球体，一个扁球体 —— 因为扁球体在自然界中非常少见。

2007 年，在曾经的学生彼得·瓦尔科尼的帮助下，加博尔最终找到了一个经过巧妙变形的球，一件伟大的艺术品。他将其命名为"冈布茨"，在匈牙利语中就是"扁球体"的意思。

第一个冈布茨是抽象的，由于和球体非常接近，人们用肉眼分辨不出两者的区别。于是，冈布茨之父们一点一点地令冈布茨成功产生更多变形，使其从一个网球形状逐渐发展为一块史前人类打造过的石头，同时保持相同的性质，即只有一个稳定平衡点和一个不稳定平衡点。

冈布茨

加博尔向我展示了一个有机玻璃制成的冈布茨。

"很美，不是么? 12 年的心血啊! 当中国人看到它的时候，他们认为这一形状立体地表达了阴阳观念! 我把第一个冈布茨送给了阿诺尔德。我将来会寄给你一个漂亮的金属复制品，编号 1928，就是你们研究所创建的年份!"

再来一大口托卡伊。孩子们拍摄着巨大屏幕上播放的照片。作为一位颇具天赋的摄影爱好者，加博尔的夫人正在为孩子们拍照。加博尔继续讲着，我继续听着，听他的迷人故事。这是一个永恒的故事，这是一个充满了探索、梦想和激情的数学故事。

译后记

在人们的印象中，数学家是一群神秘人物：他们或是一些不修边幅的天才，穿着两只不同颜色的袜子，用谁也听不懂的术语讨论着深奥的理论；或是大学讲台上严肃又有古板的教授，用特有的催眠口音讲授高等数学、线性代数、概率论、复变函数与积分变换等折磨着理工科大学生的数学课程。现代数学的高度抽象性与专业性，让绝大多数人都没有机会近距离了解数学家们的工作。人们自然会好奇：他们如何做研究？如何撰写论文？在外人看来枯燥冗长的科研工作，为何在他们却甘之如饴？他们的科研生涯中有着怎样的喜怒哀乐？正如作者自己所说，他创作这本书的目的就是回答大众这些问题。

本书作者塞德里克·维拉尼教授是法国知名数学家，主要研究方向为最优输运、玻尔兹曼方程以及其他与统计物理学相关的数学问题。2010年，他因为在玻尔兹曼方程平衡态解的稳定性以及朗道阻尼方面的研究而荣膺菲尔茨奖。

同年，当我在巴黎高等师范学院参加为维拉尼教授荣获菲尔茨奖而举办的庆祝大会时，无论如何也不会想到，自己会在5年后有幸成为其自传的中文版译者。在翻译本书时，我也同时在进行一项课题研究。所以，我对作者在书中记录的很多细节都能感同身受：我在自己的研究过程中也遇到过书中描述的科研困难；作者与同事的电子邮件中出现了很多我与同事们讨论时经常使用的词句；书中提到的许多杰出数学家，我们夫妇二人都曾经聆听过他们的课程，或同他们一起参加过讨论班；书中讲到的很多地点，我们也都非常熟悉。这一切都让我们倍感亲切，觉得书中讲述的就是发生在自己身边的故事。但是，作者却能将很多我们在科研工作中说不清、道不明的微妙细节准确地展现出来，在阐述数学之美的同时，又真实地再现数学研究工作的艰辛和曲折，令人感觉既引人入胜又毫无半点虚假。而且，由于我的研究方向与作者同属数学物理方程方向，在翻译本书的过程中，我在学术方面也获益匪浅。

我们夫妇二人并不是专业的法语翻译，这也是我们翻译的第一本书。虽然已经提前有了思想准备，但真的着手翻译时，我们发觉还是严重低估了翻译工作的难度。尽管同作者一样都做数学物理方程方向研究，但我个人对玻尔兹曼方程知之甚少。而且，书中的某些法语术语尚没有现成的中文表达方式，我们"自制"的中文术语翻译是否合理，还需要读者批评指正。

这本书是数学家写的数学题材读物，字里行间透着浓浓的数学味道。所以，我们在译文中也尽量保留了这一语言特点，尤其是在作者与同事之间的往来邮件中。这或许会让非数学专业出身的大众觉得不太习惯，希望读者能予以谅解，尝试体会独特的数学语言。

最后，感谢原书作者塞德里克·维拉尼教授对书中不解之处的耐心解释。如果读者对书中的某些翻译持有疑议，欢迎批评指正。

马跃　杨苑艺
于巴黎，2015 年 7 月

人名对照表

A

路易·阿博加斯特   Louis Arbogast

弗拉基米尔·阿尔诺德   Vladimir Arnold

谢尔盖·阿里纳克   Serge Alinhac

肯尼思·阿佩尔   Kenneth Appel

伊瓦尔·埃克兰   Ivar Ekeland

沃伦·安布罗斯   Warren Ambrose

奥尔加·奥莱尼克   Olga Oleinik

约瑟夫·奥斯达利   Joseph Oesterlé

菲利克斯·奥托   Felix Otto

B

乔治·巴克斯   George Backus

恩里科·邦别里   Enrico Bombieri

文森·贝法拉   Vincent Beffara

奥列格·弗拉迪米罗维奇·贝索夫   Oleg Vladimirovich Besov

詹姆斯·比奈   Jammes Binney

伯恩特   Bernt

萨沙·博贝列夫   Sasha Bobylev

蒂埃里·博迪诺   Thierry Bodineau

尤里·布拉戈   Yuri Burago

赫尔姆·扬·布拉斯堪普 Herm Jan Brascamp

扬·布勒尼耶   Yann Brenier

米歇尔·布鲁埃   Michel Broué

弗雷迪·布歇   Freddy Bouchet

D

恩尼奥·德·焦尔吉   Ennio De Giorgi

卡米洛·德·莱列斯   Camillo De Lellis

阿尔诺·德普林钦   Arnaud Desplechin

洛朗·德维莱特   Laurent Desvillettes

费·迪布鲁诺   Faà di Bruno

沃尔特·蒂林   Walter Thirring

让－马利·杜哈梅   Jean-Marie Duhamel

F

弗朗西斯·菲尔伯特   Francis Filbet

阿莱西奥·费伽利   Alessio Figalli

阿纳托利·弗拉索夫   Anatoly Vlasov

于尔格·弗勒利希   Jürg Fröhlich

乌列尔·弗里施   Uriel Frisch

G

罗伯特·格拉西   Robert Glassey

托马斯·哈康·格朗沃尔 Thomas Hakon Grönwall

皮埃尔·格里斯瓦尔   Pierre Grisvard

弗朗西斯·格思里   Francis Guthrie

乔治·贡捷 Georges Gonthier

H

沃尔夫冈·哈肯 Wolfgang Haken

格雷格·哈米特 Greg Hammett

理查德·汉密尔顿 Richard Hamilton

J

马库斯·基尔 Markus Keel

迈克尔·基斯林 Michael Kiessling

贝恩德·基希海姆 Bernd Kirchheim

艾丽丝·吉奥内 Alice Guionnet

保罗·吉玛尔 Paul Guimard

艾蒂安·吉斯 Étienne Ghys

K

玛丽亚·卡尔瓦洛 Maria Carvalho

托尔斯滕·卡勒曼 Torsten Carleman

伦纳特·卡勒松 Lennart Carleson

埃里克·卡伦 Eric Carlen

埃内斯特·坎托罗维奇 Ernst Kantorowicz

科恩 Korn

达里奥·科尔德罗 – 艾劳斯甘 Dario Cordero-Erausquin

蒂埃里·科康 Thierry Coquand

塞尔久·克莱奈曼 Sergiu Klainerman

约瑟夫·克鲁斯卡尔 Joseph Kruskal

阿尔弗莱德·肯普 Alfred Kempe

L

奥尔加·拉德任斯卡娅	Olga Ladyzhenskaya
雅克·拉斯卡尔	Jacques Laskar
乔尔·莱博维奇	Joel Lebowitz
杰夫·劳赫	Jeff Rauch
米歇尔·勒杜	Michel Ledoux
格雷戈尔·勒佩尔	Grégoire Loeper
萨姆利蒂·桑卡尔·雷	Samriddhi Sankar Ray
奥斯鲍恩·雷诺	Osborne Reynolds
彼得·伊凡诺维奇·李佐尔金	Petr Ivanovich Lizorkin
凯瑟琳·里贝罗	Catherine Ribeiro
艾略特·利布	Elliott Lieb
唐纳德·林登－贝尔	Donald Lynden-Bell
约翰·洛特	John Lott
拉斯洛·洛瓦斯	László Lovász

M

约瑟夫·马尔钦凯维奇	Józef Marcinkiewicz
皮埃尔·马拉瓦尔	Pierre Maraval
保罗·马利亚万	Paul Malliavin
伊夫·迈耶	Yves Meyer
伊曼纽尔·米尔曼	Emanuel Milman
于尔根·莫泽	Jürgen Moser
克莱蒙·穆奥	Clément Mouhot
斯特凡·穆勒	Stefan Müller

N

布鲁诺·纳萨雷特	Bruno Nazaret
谢尔盖·纳扎连科	Sergei Nazarenko

P

马歇尔·坡	Marshall Poe

Q

卡洛·切尔奇纳尼	Carlo Cercignani

R

莫里斯－约瑟夫·热夫雷	Maurice-Joseph Gevrey
帕特里克·热拉尔	Patrick Gérard
卢多维克·瑞福	Ludovic Rifford

S

彼得·萨纳克	Peter Sarnak
拉斯洛·塞凯伊希迪	László Székelyhidi
罗伯特·塞林格	Robert Seiringer
埃夫里·沙茨曼	Évry Schatzman
米歇尔·沙茨曼	Michelle Schatzman
弗拉基米尔·舍费尔	Vladimir Scheffer
约翰内斯·舍斯兰特德	Johannes Sjöstrand
亚历山大·施尼莱曼	Alexander Shnirelman
汤姆·斯潘塞	Tom Spencer
弗拉基米尔·斯维拉克	Vladimir Šverák

松本刚   Takeshi Matsumoto

T

米歇尔·塔拉格兰   Michel Talagrand

卢克·塔塔尔   Luc Tartar

斯科特·特里梅因   Scott Tremaine

朱塞佩·托斯卡尼   Giuseppe Toscani

W

本亚明·维尔纳   Benjamin Werner

塞德里克·维拉尼   Cédric Villani

X

迈克尔·西加尔   Michael Sigal

Y

皮埃尔－伊曼纽尔·雅班   Pierre-Emmanuel Jabin

亚历山大·亚历山德罗夫   Aleksandr Alexandrov

Z

让－克洛德·赞布里尼   Jean-Claude Zambrini